D ILEK G ÜNGÖR

Das Geheimnis meiner
türkischen Großmutter

DILEK GÜNGÖR

Das Geheimnis meiner
 türkischen Großmutter

ROMAN

Piper
München Zürich

ISBN 978-3-492-04971-9
© Piper Verlag GmbH, München 2007
Gesetzt aus der Stempel Garamond
Satz: Satz für Satz. Barbara Reischmann, Leutkirch
Druck und Bindung: Clausen & Bosse, Leck
Printed in Germany

www.piper.de

1

Es war dunkel, es roch nach Qualm, und irgendwo bellte ein Hund. Mein Vater öffnete die Autotür, nahm mich auf den Arm und trug mich hinüber zum Haus. Meine Großmutter kam uns entgegen, sie sagte: »Da seid ihr ja endlich« und hob mich herunter von Vaters Arm. Sie küsste mich. Ich legte meinen Kopf auf ihre Schulter. Am Hals roch sie nach saurem Joghurt. Das ist meine erste Erinnerung an meine Großmutter.

Im letzten Jahr wurde meine Großmutter achtzig, vielleicht war sie auch erst sechsundsiebzig. Keiner wusste es genau. Das Datum, das in ihrem Ausweis stand, stimmte nicht, das hat sie mir selbst erzählt. Ihr war es auch nicht so wichtig, ob sie achtzig war oder nicht. Sie sagte, sie fühle sich manchmal, als wäre sie schon hundert. Im vorletzten Winter war sie gestürzt und hatte sich die rechte Hüfte gebrochen. Meine Eltern waren drei Tage später in die Türkei geflogen, Großmutter hatte sechs Wochen liegen müssen, aber so lange waren meine Eltern nicht geblieben.

»Großmutter ist gut versorgt, sie hat genug Leute um sich, die sich um sie kümmern«, hatte meine Mutter am Telefon gesagt. »Wir kommen zurück.«

Weitere sechs Wochen später flog mein Vater noch einmal in die Türkei. Allein, ohne meine Mutter. Das war das erste Mal, dass mein Vater allein irgendwohin reiste. Er wollte seine Mutter überreden, mit nach Deutschland zu kommen. Er sagte ihr, dass es in Deutschland bessere Ärzte gebe als in ihrem Dorf. »Sie machen dir ein künstliches Gelenk in die Hüfte, dann kannst du wieder gehen.« Ich hoffte, dass uns die bettlägerige alte Frau erspart bliebe. Meine Mutter auch. Wahrscheinlich hoffte mein Vater dasselbe. Er schien erleichtert, als sie sich weigerte, mit ihm zu gehen. Später erst erfuhr ich, warum mein Vater seine Mutter wirklich nach Deutschland hatte holen wollen. Am Morgen, als Onkel Mehmet, der jüngere Bruder meines Vaters, meine Eltern zum Flughafen gefahren hatte, hatte er im Auto zu ihnen gesagt, es sei eine Schande, dass ausgerechnet der Sohn mit dem meisten Geld seine Mutter auf dem Dorf verrecken lasse und lieber zurück in sein Deutschland fliege.

Als wir uns das letzte Mal gesehen hatten, war ich vierundzwanzig. Seither war ich nicht mehr in der Türkei gewesen, und ich bedauerte es nicht. Für mich war sie die säuerlich riechende Oma aus dem Dorf. Für sie war ich eines von dreißig oder vierzig Enkelkindern. Sie interessierte sich so wenig für mich wie ich mich für sie. Genau vier Tage hatte ich damals bei ihr verbracht. Wir sprachen so gut wie nichts miteinander. Sie saß auf dem Boden, das linke Bein untergeschlagen und das rechte aufgestellt. Ihre Hände lagen auf dem rechten Knie. So konnte sie stundenlang sitzen.

»*Kız Zeynep*, zieh dir doch eine bequeme Hose an«, sagte sie zu mir, weil ich nicht wie sie auf dem Boden sitzen konnte, ohne dass mir die Beine einschliefen. Ich konnte es nicht leiden, wenn sie das *kız* so tief aus der Kehle presste und lang zog, *kuuuz Zeynep,* Mensch Zeynep. »Bring ihr einen deiner Schalwars«, sagte sie zu Özlem. Özlem war ein Jahr älter als ich und seit kurzem mit einem meiner Cousins verheiratet. »Diese Jeans schnüren dir das Blut in den Beinen ab«, sagte meine Großmutter. Özlem brachte mir eine ihrer Pluderhosen, schwarz mit kleinen Blümchen darauf. Aber auch in weiten Pluderhosen konnte ich nicht bequem auf dem Boden hocken. Stumm schaute mir Großmutter zu, wie ich die Beine zum Schneidersitz faltete, sie wieder ausstreckte, sie dann unterschlug und schließlich aufstand, um ein paar Schritte zu gehen. Nach vier schweigsamen Tagen fuhr ich in Pluderhosen zum Flughafen. Meine Jeans schenkte ich Özlem, sie hatte sie unbedingt haben wollen.

Inzwischen konnte Großmutter wieder gehen, aber sie hatte Schmerzen im rechten Bein und im Rücken. Am Telefon sprach sie oft davon. Meine Mutter rief meine Großmutter seit ihrem Sturz jeden Sonntag nach dem Frühstück an. Mein Vater saß daneben und drückte auf den Lautsprechknopf des Telefons. Manchmal setzte ich mich dazu und hörte mit. Sie fehlte mir nicht, aber diese sonntäglichen Anrufe waren wie ein kleines Hörspiel im Radio. Ich sah sie vor mir, wie sie mit dem untergeschlagenen Bein auf dem Boden saß, die Ärmel ihres dicken Pullovers hochgekrempelt, das Kopftuch lose auf den Schultern und den Telefonhörer fest am Ohr. Den Pullover trug sie immer, egal, wie heiß es war. Acht Jahre hatten wir uns nicht mehr gesehen, aber ich brauchte nur ihre hohe Stimme zu hören und gleich stieg mir ihr säuerlicher Geruch in die Nase.

Meine Großmutter sagte, sie könne nachts nicht gut schlafen. Sie habe Angst, dass sie sich im Schlaf auf die kaputte Hüfte drehe. Wenn sie dennoch einschlafe, sehe sie ihre tote Mutter im Traum. Für meine Großmutter war das ein Zeichen, dass sie sterben musste.

»Du wirst nicht sterben«, sagte meine Mutter. »Was sagt denn der Arzt zu deiner Hüfte?«

Meine Großmutter sagte, diese Woche sei der Arzt nicht gekommen. Normalerweise kamen dreimal in der Woche ein Arzt und eine Krankenschwester aus der Stadt ins Dorf. »Ich weiß nicht, warum er nicht da war«, sagte sie. Dann sagte sie, Allah sei groß, und es klang, als meine sie, er werde schon wissen, was er tue.

Meine Mutter stand schweigend auf und legte das Telefon zurück an seinen Platz. Sie lehnte sich mit der Hüfte gegen die Kommode und sagte: »Vielleicht hätten wir sie doch hierher holen sollen. Sie sagt, Allah ist groß, und wartet auf ihr Schicksal. Wenn sie Glück hat, kommt der Arzt, und wenn nicht, dann halt nicht.«

»Sie wollte nicht. Wir können doch eine achtzigjährige Frau nicht zwingen«, sagte mein Vater. »Sie hat keinen einzigen Tag ihres Lebens an irgendeinem anderen Ort verbracht als in diesem Dorf.«

»Nein«, sagte meine Mutter. »Wahrscheinlich wäre sie hier unglücklich geworden. Stell dir deine Oma vor, bei uns im Städtischen Krankenhaus, wo sie keinen kennt und niemanden versteht.«

»Ich glaube auch, dass es so besser ist. Sie kennt es ja nicht anders«, sagte ich.

Meine Großmutter bei uns in Deutschland, das konnte ich mir nicht vorstellen. Wer sollte sich denn um die alte Frau kümmern? Meine Eltern arbeiteten beide, und ich war sowieso schon viel länger bei ihnen, als ich geplant hatte. Seit fast drei Monaten wohnte ich wieder bei meinen Eltern. Bis vor kurzem hatte ich ein eigenes Leben gehabt, eine eigene Wohnung, einen Freund. Doch Stefan und ich hatten uns getrennt, daraufhin hatte ich in der Redaktion gekündigt. Die Vorstellung, Stefan weiterhin jeden Tag im Büro zu sehen, hatte ich nicht ausgehalten.

Kurz danach hatte er die wenigen Sachen abgeholt, die er in meiner Wohnung hatte. Er war nie richtig bei mir eingezogen. Manchmal hatte er bei mir geschlafen, manchmal drei, vier Nächte hintereinander. Ich hatte das Gefühl gehabt, dass er sich mit jeder Unterhose, mit jedem Hemd, das er in meinen Schrank legte, ein bisschen mehr für mich entschied. Am Ende war es nicht mehr als ein Baumwollbeutel voll Sachen: vier Unterhosen, zwei Hemden, zwei Bücher, ein bisschen Waschzeug, CDs. Mehr war es also nicht gewesen. Als die Sachen noch im Bad oder in meinem Schrank lagen, hatte es nach mehr ausgesehen.

Ein paar Monate hing ich in Berlin herum. Ich war mir sicher, dass sich schon irgendwie etwas anderes ergeben würde. Es ergab sich aber nichts. Eines Tages sagte meine Mutter: »Pack doch dein Zeug und komm für ein Weilchen nach Hause.« Das tat ich dann auch. Aber inzwischen hatte ich genug von meinen Eltern, vom Nichtstun wurde ich ganz träge im Kopf. Ich wollte weg, ich wollte etwas tun, aber ich wusste nicht, was.

Nach dem Abendessen half ich meiner Mutter wie fast jeden Abend in der Küche. Sie spülte, und ich trocknete ab. Das waren unsere ungestörten Momente. Meine Mutter sagte, sie mache sich Sorgen um Großmutter.

»Letzte Woche hat sie auch schon gesagt, sie sehe im Schlaf ihre Mutter. Vielleicht stirbt sie wirklich.« Meine Mutter war nicht abergläubisch, aber auch sie nahm ihre Träume sehr ernst. Sie erzählte uns oft, was sie geträumt hatte. Immer waren es Geschichten voll seltsamer Ereignisse, ich hörte ihr gern zu, aber dass ihre Träume irgendetwas über die Zukunft verraten sollten, fand ich albern.

»Sie spürt, dass sie sterben wird«, sagte meine Mutter.

»So ein Quatsch. Wer kann denn bitte seinen Tod vorhersehen?«

»Ich bin sicher, dass man das spürt«, sagte sie.

Ich räumte das saubere Besteck in die Schublade. Meine Mutter ließ das Spülwasser ab, wusch den Schaum aus der Spüle und trocknete sich die Hände.

»Es wird ihr schon nichts passieren«, sagte sie leise, als wollte sie sich Mut machen. Sie ging ins Wohnzimmer und setzte sich zu meinem Vater. Der Fernseher lief, mein Vater war eingeschlafen. Sein Kopf sank sanft in den Nacken und schnellte, sobald er nach hinten weggekippt war, wieder nach oben. Er schnarchte. Meine Mutter stupste ihn an.

»Geh doch ins Bett.«

Mein Vater räusperte sich und setzte sich aufrecht hin.

»Ist schon gut«, murmelte er. Es war erst halb zehn, für meine Eltern aber späte Nacht. Die Rollläden waren schon seit einer Stunde heruntergelassen. Sobald jemand im Haus Licht machte, mussten die Rollläden runter, die Nachbarn könnten ja sehen, was es bei uns zum Abendessen gab.

»Ich fahre noch ein bisschen in die Stadt«, sagte ich. Ich hatte keine Lust, mit meinen Eltern vor dem Fernseher zu sitzen und mit ihnen über Großmutter zu reden. Schuhe und Jacke hatte ich schon angezogen, ich steckte nur kurz den Kopf zur Wohnzimmertür hinein, um tschüss zu sagen.

»Jetzt noch?«, fragte mein Vater. Ich erwiderte nichts und nahm den Autoschlüssel vom Haken. Die ersten Wochen hatte ich immer noch versucht, ihm zu erklären, dass halb zehn keine Zeit sei. Jetzt gehörte seine Frage zum Abschiedsritual. Genauso wie die Bitte meiner Mutter, ich solle vorsichtig fahren.

Ich parkte den Wagen und lief den Rest bis zum »Café Prinz«. Als ich Abitur gemacht hatte, war ich fast jeden Abend hergekommen. Die Eigentümer waren noch dieselben, ich kannte auch einen der Kellner noch, aber sonst niemanden, ich war zwölf Jahre weg gewesen.

Anette wartete schon. Sie hatte sich ein Glas Rotwein bestellt und blätterte in einer Zeitschrift. Wir waren zusammen groß geworden, hatten uns in den letzten Jahren aber immer nur an Weihnachten gesehen. Erst seit ich wieder hier war, trafen wir uns mindestens einmal die Woche.

Anette war inzwischen seit sechs Jahren verheiratet und hatte zwei kleine Söhne. Vor zwei Jahren hatte sie mit ihrem Mann ein Fertighaus gekauft, über das ich mich im stillen lustig machte.

»Bist du schon lange da?«, fragte ich.

»Ist schon in Ordnung. Ich bin schon früher von zu Hause losgefahren. Sonst wäre ich noch auf dem Sofa eingeschlafen.«

Mir fiel mein Vater ein, der inzwischen bestimmt wieder eingenickt war. Ich bestellte mir auch einen Wein. Wir saßen uns schweigend gegenüber, Anette hatte ihre Zeitschrift weggelegt und schaute mich an. Eigentlich war es immer ganz nett mit ihr, aber wir brauchten oft ein Weilchen, um miteinander warm zu werden. Ich beobachtete die Leute an den anderen Tischen, sie sagte, hier drin werde immer so viel geraucht, ich sagte nur: »Hmh.« Ich hatte mich auf Anette gefreut, aber jetzt, wo wir zusammensaßen, langweilte ich mich. In Berlin dachte ich nie an sie, sie gehörte hierher, sie war ein Teil einer Vergangenheit, meiner Schuljahre. Trotzdem waren wir Freundinnen geblieben. Einmal hatte sie mich in Berlin besucht, zusammen mit ihrem Mann und den Kindern. Schon am zweiten Tag hatte ich genug gehabt und war froh gewesen, als ich sie drei Tage später wieder zum Bahnhof bringen konnte. Anette war bodenständig und praktisch, und manchmal beneidete ich sie um ihren Pragmatismus und ihre Zufriedenheit. Sie fragte sich nicht, was sie sich vom Leben erhoffte, sie hatte offenbar gefunden, was sie wollte.

Ich versuchte, mir ein Gesprächsthema auszudenken. Letztendlich war es immer noch netter, mit Anette ein

Glas Wein zu trinken, als mit meinen Eltern vor dem Fernseher zu sitzen. Ich wollte nicht wieder von Stefan anfangen, aber dass er schon wieder eine neue Freundin hatte, während ich in Mamis Arme geflüchtet war, ärgerte mich.

»Gibt es Neues von Stefan?«, fragte Anette.

Ich musste grinsen. »Du kennst mich so gut, dass du weißt, dass man mit mir zur Zeit über nichts anderes sprechen kann, stimmt's?«

Anette strich mir sanft über den Arm.

Es hatte mir gutgetan, aus Berlin wegzugehen und mich von meinen Eltern ablenken zu lassen. Aber dann hatte Stefan angerufen und gefragt, ob ich Interesse hätte, einen Artikel über muslimische Frauen zu schreiben. Die Zeitung wollte eine Beilage über »Muslime in unserer Stadt« herausgeben. Wir hatten zwei, drei Sätze miteinander gewechselt, er hatte sich kurz erkundigt, wie es mir gehe, war dann aber rasch zu seinem eigentlichen Anliegen gewechselt, so als wäre ich irgendeine freie Mitarbeiterin der Zeitung und nicht die Frau, mit der er drei Jahre zusammen gewesen war. Ich hatte mich furchtbar über ihn aufgeregt, dass er ausgerechnet bei diesem Thema an mich gedacht hatte, aber vor allem, dass er es in diesen fünf Minuten geschafft hatte, seine neue Freundin zu erwähnen. Den Artikel schrieb ich nicht.

Vielleicht sollte ich Anette von meiner Großmutter erzählen, dachte ich. Das war immer noch besser als immer nur dieser Stefan. Anette würde das auch besser gefallen, sie war doch so ein Familienmensch.

Als ich von dem mitgehörten Telefongespräch erzählte, schüttelte sie verständnislos den Kopf.

»Warum hast du denn nicht selbst mit ihr gesprochen?«

»Ich kenne sie doch kaum, was soll ich da mit ihr reden?«

Anette dachte, alle Großmütter seien wie ihre. Aber ich hatte keine Großmutter, die ich sonntags zum Kaffeetrinken besuchen konnte und die mir Geld zum Geburtstag schenkte.

»Jedenfalls geht es ihr schlecht, und sie sagt, sie würde sterben.«

»Und? Fahrt ihr hin?«, fragte Anette.

»Ach was, das ist doch viel zu weit weg«, sagte ich. »Außerdem haben wir Verwandte, die sich um sie kümmern.«

»Und wenn sie tatsächlich stirbt? Du wirst dir ein Leben lang Vorwürfe machen.«

Anettes Großmutter war vor über einem Jahr gestorben. Sie hatte im Krankenhaus bei ihr gesessen und ihr die Hand gehalten.

»Für mich ist es nicht so wie bei dir und deiner Oma. Wie oft habe ich meine Großmutter denn gesehen? Vielleicht zehnmal in meinem Leben, wenn es hochkommt.«

»Na und? Das ist doch kein Grund, sich noch immer nicht für sie zu interessieren. Du hast doch im Moment sowieso nichts zu tun.«

Als ich am Morgen herunterkam, war der Tisch noch gedeckt, an meinem Platz stand sauberes Geschirr, alle anderen Teller und Tassen waren schon weggeräumt. Am Anfang hatte ich mich noch bemüht, mit meinen Eltern aufzustehen und mit ihnen zu frühstücken. Aber schon nach zwei Wochen aßen wir nur noch an den Wochenenden gemeinsam.

Es war halb zehn, mein Vater war zu dieser Zeit bereits drei Stunden in seiner Schreinerwerkstatt in der Stadt. Meine Mutter stand jeden Morgen mit meinem Vater auf und frühstückte mit ihm, dann ging sie hinunter. Im Keller hatte sie sich eine kleine Schneiderei eingerichtet.

Ich machte eine Kanne Tee, blätterte in der Zeitung, die auf dem Tisch lag, und schlug sie gelangweilt wieder zu.

Anette hatte mich gefragt, wie ich es denn aushielte bei meinen Eltern. Sie könne sich nicht vorstellen, auch nur eine Woche bei ihren Eltern zu verbringen.

»Und du wohnst da jetzt schon seit Monaten.«

Es war nicht so schlimm, wie sie es sich vorstellte. Als ich in Berlin wegfuhr, dachte ich, die Zeit bei meinen Eltern sei eine gute Auszeit, eine Ruhepause. Bei meinen Eltern musste ich nicht einkaufen, ich musste nicht waschen, und wenn ich Gesellschaft wollte, musste ich nur in die Schneiderwerkstatt meiner Mutter hinuntergehen. Das Leben in diesem Städtchen mit seiner ruhigen Ordnung, seinen über Mittag geschlossenen Lädchen, seinen menschenleeren Sonntagen, seinen festen Frühstücks- und Abendessenszeiten gab mir Sicherheit. Ich hatte Zeit, mir Gedanken zu machen, wie es nun weitergehen sollte. Zurück zur Zeitung wollte ich auf keinen Fall. Ich hatte große Lust, etwas Neues anzufangen. Seit Jahren schwirrte mir die Idee im Kopf herum, einen Dokumentarfilm zu drehen. Mir war klar, dass das der Traum jedes Journalisten war. Als ich noch arbeitete, hatte ich mir immer gesagt, ich hätte keine Zeit zum Filmen. Jetzt hatte ich Zeit, aber mir fehlte die Idee.

Meine Mutter kam mit einem Rock in der Hand herein und setzte sich zu mir. »Guten Morgen, mein Schatz«, sagte sie und ging um den Tisch herum, um mir einen Kuss zu geben. Ich mochte die Haut meiner Mutter und auch ihre warmen Küsse.

Sie setzte sich zu mir, den Rock in der Hand, und trennte mit einer großen Schere den Reißverschluss heraus. Ihre Brille war ihr auf die Nasenspitze gerutscht. Sie hielt die Schere an den Schenkeln und klappte sie in kleinen Bewegungen schnell auf und zu, wie eine Zange. Ich hatte oft versucht, es ihr nachzumachen, aber es war mir nie gelungen.

»Ich muss gleich noch mal deine Großmutter anrufen. Deine Tante wohnt nur vierzig Kilometer entfernt von ihr, aber sie fährt nicht ein einziges Mal hin. Da muss ich aus Deutschland anrufen, damit sich die alte Frau nicht völlig allein gelassen fühlt.«

Meine Mutter hob den Kopf und reckte das Kinn vor, damit sie mit mir sprechen und gleichzeitig durch ihre verrutschte Brille sehen konnte. Die Brille hatte sie noch nicht so lange, und wenn es nicht unbedingt sein musste, setzte sie sie auch nicht auf. Meine Mutter sagte, sie sehe damit aus wie ein altes Weib.

Die Schere schnappte weiter auf und zu.

»Dein Vater kommt nicht von selbst auf die Idee, seine Mutter anzurufen. Wenn ich es nicht hundertmal zu ihm sage …«

Sie löste den Reißverschluss heraus, befeuchtete die Spitze ihres Mittelfingers mit der Zunge, zupfte die abgeschnittenen Fadenstummel aus dem Stoff und rieb sie zwischen Daumen und Mittelfinger zu kleinen Bällchen. Dann legte sie die Bällchen auf den Tisch und ging zum Telefon.

Özlem nahm den Hörer ab. Seit ihrer Heirat wohnte sie mit ihren beiden Kindern und ihrem Mann Fevzi bei Großmutter im Haus. Nachdem seine Frau gestorben war, lebte auch Onkel Mehmet, der jüngere Bruder meines Vaters, bei ihnen. Meine Mutter sagte: »Mutter, wie geht es dir?«, und ich zog mir einen Stuhl heran und schaltete den Lautsprecher ein.

»Allah gebe uns Geduld«, sagte meine Großmutter. Durch den Lautsprecher klang ihre Stimme noch dünner als sonst. Meine Mutter fragte nach ihrer Hüfte und nach ihren Medikamenten. Ob sie Schmerzen habe und ob sie in der Nacht habe schlafen können.

»Ich habe hier Tabletten, die sollen helfen, aber die nehme ich nicht. Mir dreht sich der Magen davon um.«

»Was für Tabletten?«, fragte meine Mutter.

»*Allahım, ya Rabbim*! Mein Gott, woher soll ich denn das wissen?«

Meine Mutter seufzte.

»Mutter, sag dem Arzt, er soll dir was anderes geben, wenn du die Tabletten nicht verträgst.«

»Der Arzt kommt erst in ein paar Tagen wieder.«

Meine Mutter sagte, Özlem solle in die Stadt fahren und sagen, dass Großmutter die Tabletten nicht vertrage.

»Wer soll denn nach den Kindern schauen, und morgens

die Kühe, die müssen doch gemolken werden. Özlem kann nicht weg.«

»Wisst ihr was? Macht, was ihr wollt«, sagte meine Mutter. »Ich kann mich nicht von hier aus darum kümmern, dass du deine Medikamente regelmäßig nimmst.«

Sie hatte die Augenbrauen zusammengezogen und stieß die Luft laut durch die Nase aus.

»Ich gebe dir jetzt Zeynep, dann könnt ihr noch ein paar Worte wechseln.«

Ich schüttelte den Kopf und wehrte mit den Händen ab. Meine Mutter stand auf und drückte mir den Hörer in die Hand.

»Hallo, Großmutter. Wie geht es dir?«, fragte ich. Mir fiel nicht ein, was ich mit ihr hätte reden können.

»Gut. Gut. *Hamdolsun*, Allah sei Dank, mir geht es gut. Allah gebe dir ein langes Leben, mein Mädchen.«

Mit Großmutter konnte man sich nicht normal unterhalten. Man wechselte Segen und gute Wünsche. Ich wusste, dass ich nun ebenfalls mit einem Segen antworten musste, es gab fest gefügte Formeln, die man zueinander sagte. Ich wusste aber nicht, wie sie lauteten. Ich sagte einfach »Danke«.

»Soll ich dir Mama noch mal geben?« Ich fragte mich, warum ich in die Bresche springen musste, wenn sich meine Mutter wegen ihrer Schwiegermutter aufregte.

»Unterhalte dich doch ein bisschen mit ihr, sie wird dich schon nicht auffressen«, zischte sie mir zu.

Ich überlegte, was ich meiner Großmutter erzählen konnte. Wir saßen beide wortkarg an unseren Hörern, mehr als tausend Kilometer voneinander entfernt.

»Denkst du noch nicht ans Heiraten?«, fragte sie mich.

»Nein, ich denke nicht ans Heiraten.« Meine Großmutter hatte keine anderen Sorgen als die, ob ich endlich einen Mann gefunden hatte.

»Deine Cousine Emel wird sich verloben, sobald der Junge seinen Militärdienst hinter sich gebracht hat. Wenn du dich beeilst, könnt ihr zusammen Hochzeit feiern.«

Emel war bestimmt zehn Jahre jünger als ich und wollte schon heiraten. Ich verstand nicht, warum es meine Cousinen allesamt so eilig hatten.

»Ich will nicht heiraten, Großmutter. Vielleicht heirate ich nie.«

»Du musst selbst wissen, was du mit deinem Leben anstellst, Zeynep. Mir ist das ganz gleich«, sagte sie. Sie klang ein wenig eingeschnappt. Ihr Gerede vom Heiraten nervte mich, und das ließ ich sie spüren. Ich könnte ein bisschen freundlicher zu ihr sein, dachte ich. Aber sollte ich plötzlich anfangen, ihr aus meinem Leben zu erzählen? Wir kannten einander kaum. Bei unseren Telefongesprächen waren wir über zwei, drei belanglose Sätze nie hinausgekommen. Sie wusste nichts von Stefan, nicht, dass wir drei Jahre zusammen gewesen waren, geschweige denn, dass wir uns getrennt hatten.

»Ich gebe dir die Mama noch mal«, sagte ich und reichte den Hörer meiner Mutter.

»Allah gebe dir Glück und ein langes Leben, mein Kind.«

Meine Mutter sagte noch einmal, dass Özlem den Arzt nach anderen Tabletten fragen solle. Dann legte sie auf.

Ich schenkte uns Tee nach. Meine Mutter schwieg.

»Die denken nur ans Heiraten in der Türkei. Am Wochenende dachte sie noch, sie stirbt«, sagte ich.

»Sie weiß wahrscheinlich auch nicht, was sie sagen soll. Ihr redet ja nie ein Wort miteinander. Ich finde, du könntest dich ein bisschen mehr für deine Großmutter interessieren. So viel Zeit hast du nicht mehr.«

Zwei Wochen später kam der Anruf. Ich hörte das Klingeln schon an der Haustür. In der Eile fand ich erst den Schlüssel nicht. Ich legte meine Tasche auf den Boden und kramte alles heraus, fand den Schlüssel, schloss auf und rannte mit meinen nassen Stiefeln zum Telefon. Der Anrufbeantworter schaltete sich ein, ich riss den Hörer hoch, aber der Anrufer hatte schon aufgelegt. Als ich mir im Bad die Hände wusch, klingelte das Telefon wieder. Mit tropfenden Händen lief ich ins Wohnzimmer und war beim dritten Klingeln dran.

»Ja?«

»Alo?«

Es war jemand aus der Türkei. Ich kannte sonst niemanden, der sich mit »Alo« meldete.

»Zeynep, ich bin es. Onkel Mehmet. Wo ist dein Vater?«, fragte er barsch.

»Mein Vater ist nicht zu Hause, er arbeitet noch«, sagte ich. »Meine Mutter ist auch nicht da.« Ich kam mir vor, als wollte ich die Zeugen Jehovas an der Wohnungstür abwimmeln.

»Deiner Großmutter geht es schlecht. Sie ist seit Tagen nicht aufgestanden, wir haben den Arzt geholt. Ihr müsst kommen.«

»Gut, ich werde es ausrichten.«

Ich wusste nicht, was ich sagen sollte. Mir fiel nur gute Besserung auf Türkisch ein, aber das hielt ich nicht für angebracht. Ich ließ Großmutter Grüße ausrichten.

Onkel Mehmet legte auf.

In meinem Bauch breitete sich ein merkwürdiges Gefühl aus, und ich war überrascht, dass mich Onkel Mehmets Anruf traurig gemacht hatte. Ich überlegte, ob ich meinen Vater bei der Arbeit anrufen sollte, beschloss aber, zu warten, bis er am Abend nach Hause kam. Er würde jetzt sowieso nichts ausrichten können.

An diesem Nachmittag brachte ich nicht viel zustande. Nicht, dass ich an den übrigen Tagen besonders fleißig gewesen wäre. Aber Onkel Mehmets Anruf hatte mich stärker aus der Fassung gebracht, als ich vermutet hätte. Wenn Großmutter tatsächlich im Sterben lag, würde ich auf jeden Fall mit in die Türkei fahren müssen, auch wenn ich lieber hierbleiben und das Haus meiner Eltern hüten würde. Mir fiel der Abend mit Anette ein, an dem sie gesagt hatte, ich würde es bereuen, wenn meine Großmutter starb, ohne dass ich sie vorher noch einmal sah. Ich fühlte mich hineingezogen in das Leben meiner Eltern, viel mehr noch in ihre Vergangenheit, in ihre Zeit in der Türkei, lange bevor sie als Gastarbeiter nach Deutschland kamen. Ich hatte mich nie besonders dafür interessiert und auch nie so recht etwas damit zu tun haben wollen, aber ich ahnte, dass ich mich jetzt mit ihrem türkischen Leben befassen musste, ob ich wollte oder nicht. Die Mutter meines Vaters lag im Sterben, ich konnte nicht so tun, als ginge mich das nichts an.

Als ich den Schlüssel im Schloss hörte, saß ich immer noch auf dem Sofa. Ich schaltete von einem Fernsehsender zum nächsten und wartete, bis meine Mutter ins Wohnzimmer kam.

»Onkel Mehmet hat angerufen, Großmutter geht es nicht gut.«

»Wann hat er angerufen? Was hat er gesagt?«

Meine Mutter wartete die Antwort gar nicht ab, sondern lief gleich zum Telefon.

»Wann hat er angerufen?«, fragte sie noch einmal, als sie Großmutters Nummer wählte.

»Vor drei Stunden oder so.«

»Hast du Papa Bescheid gesagt?«

Ich antwortete nichts, schaltete aber wenigstens den Fernseher aus. Ich schämte mich ein bisschen, weil meine Mutter so aufgeregt war, während ich den ganzen Nachmittag herumgelegen hatte.

Meine Mutter sprach mit Özlem.

Ich konnte nicht hören, was Özlem sagte, wahrscheinlich dasselbe wie vorher Onkel Mehmet. Ich hörte nur, was meine Mutter sagte: »Wir kommen. Sag ihr, dass wir kommen.«

2

Ich hatte noch nie jemanden sterben sehen. Ich hatte auch noch nie einen Toten gesehen. Im Fernsehen, da schon. Auch auf Fotos. Aber nie war ich in die Nähe eines Sterbenden geraten. Anette hatte mir erzählt, wie ihre Großmutter gestorben war. Sie hatte eingeatmet, aber nicht mehr ausgeatmet. So stirbt man also, hatte Anette gesagt, und ich hatte mich gewundert, ich hatte gedacht, dass es genau andersherum sei, dass man ausatmete beim Sterben und dann nicht mehr ein. Es hieß doch, dass einem das Leben entweiche, dass man sein Leben aushauche. Bisher hatte es in unserer Familie zwei Tote gegeben: Großvater und Onkel Yusuf. Yusuf war der jüngste Bruder meines Vaters, bei einer Schießerei war er angeschossen worden und zu Hause verblutet. Ich war damals neun Jahre alt gewesen, und bis wir im Haus meiner Großeltern angekommen waren, hatte man ihn schon beerdigt. Die Frauen, meine Tanten, meine Großmutter, die Frau des toten Onkels und viele andere Frauen saßen in dem großen Raum neben der Küche auf dem Boden. Sie schrien und heulten. Sie zogen sich die Kopftücher von den Haaren, meine Großmutter schlug sich mit der flachen Hand auf die Brust und sprach die ganze Zeit weinend und klagend zu sich selbst. Sie haben ihn mir genommen, fort ist er, mein Sohn, mein schöner Yusuf, mein Einziger. So etwas hatte ich noch nie gesehen. Ich war erschrocken, wich meiner Mutter aber nicht von der Seite. Ich versuchte auch zu weinen, zog die Mundwinkel lang und kniff die Augen zusammen, aber es kamen keine Tränen. Irgendwann stand ich auf und suchte meinen Vater. Er saß bei den Männern, in einem anderen Raum. Dort schrie niemand. Ich kann mich nicht einmal mehr daran erinnern, ob überhaupt jemand weinte. Als ich mich zu ihm setzen wollte, sah ich, wie mein Vater rasch etwas schwarz Glänzendes in einen Lappen wickelte und unter sein Sitzkissen schob. Erst später begriff ich, dass es eine Pistole war.

Vielleicht würde es wieder so werden, wenn jetzt Großmutter stirbt, dachte ich. Die Frauen mit offenem Haar und laut heulend, die Männer schweigend. Wir würden beten müssen. Ich konnte kein einziges Gebet, das Vaterunser aus der Schule, aber kein muslimisches.

Ich wusste nicht, ob ich ein Kopftuch brauchen würde. Ich erinnerte mich nur daran, dass meine Verwandten kein Schwarz trugen in der Trauerzeit. Mein Vater hatte sich nach dem Tod seines Bruders einen Bart stehen lassen, vierzig Tage rasieren sich die Männer nicht, wenn sie trauern. Was die Frauen taten, wusste ich nicht.

Was packte man für eine Beerdigung ein? Ich legte Hosen, Hemden und T-Shirts mit langem Arm in meine Tasche. Ein Kopftuch würde sich im Notfall immer noch auftreiben lassen.

Meine Mutter hatte drei Flugtickets gekauft, sie hatte mich nicht einmal gefragt, ob ich mitkommen würde. Für sie war klar, dass wir alle gemeinsam fliegen würden. Bei der Vorstellung, an Großmutters Sterbebett zu stehen, fühlte ich mich immer noch unbehaglich, ich wusste ja schon am Telefon nichts mit ihr anzufangen. Aber niemand sollte sagen, ich hätte mir nicht die Mühe gemacht, ein letztes Mal meine Großmutter zu sehen. Mich trieb inzwischen auch das schlechte Gewissen. Ich hatte mich immer darum gedrückt, meine Verwandten in der Türkei zu besuchen, und schon deshalb, weil sie so weit weg wohnten, war es nicht schwierig gewesen. Aber wenn ich irgendeine andere Erinnerung an sie behalten wollte als ihre Pluderhosen, ihre dünne Stimme und den säuerlichen Geruch an ihrem Hals, war jetzt die letzte Gelegenheit.

Wir würden am frühen Nachmittag in der Türkei landen, hatte meine Mutter gesagt. Onkel Mehmet wollte uns am Flughafen abholen. Dann würden wir gut eine Stunde in das Dorf fahren, auf einer langen, sandigen und kurvenreichen Straße, auf der mir jedes Mal übel wurde. Fast neun Jahre war es her, dass ich zuletzt dort gewesen war, aber ich erinnerte mich noch gut an den Weg. Wir würden an dem himbeerfarben gestrichenen Haus vorbeikommen, das auf dem Hügel stand und über die Gräber blickte. Das neue Haus meiner Großmutter lag direkt an der großen, unasphaltierten Straße, die durch das Dorf führte. In dem alten Haus, in dem sie schreiend um Onkel Yusuf getrauert hatten, lebte dessen Witwe Döndü. Es hatte dort einen Raum gegeben, in dem ein Kleiderschrank und eine große Truhe standen. Der Raum war dunkel gewesen, es gab nur ein winziges, vergittertes Loch in der Wand ohne Fensterscheiben. An der Wand lehnten schwere Getreidesäcke, auf denen ich mit meinem Cousin Fevzi beim Spielen herumkletterte oder so tat, als ritten wir gemeinsam nach Deutschland, bis uns einer von den Erwachsenen entdeckte und hinausscheuchte. Der Raum war mir immer unheimlich gewesen, aber trotzdem hatte ich nie widerstehen können. Drinnen stand der einzige Kleiderschrank im Haus, dabei bewahrte meine Großmutter darin nicht einmal Kleider auf, sondern Schaffelle und bedruckte Stoffe zum Nähen. Meine Großmutter legte ihre frische Wäsche auf ein quadratisches Stück Stoff, verknotete die Enden jeweils über Kreuz und schob das Bündel unter ihr Bett. Sie besaß offenbar nichts, was man erst über einen Bügel streifen und dann ordentlich in einen Schrank hängen musste. Das Erstaunlichste aber fand ich als Sechsjährige, dass wir uns in diesem Raum wuschen. Die kleinen Jungen wurden einfach im offenen Hof mit einem Eimer warmem Wasser gewaschen. Ich, die anderen Mädchen und die Erwachsenen wuschen sich in dem Raum mit dem Kleiderschrank. Hinter der Tür hatte jemand eine schmale Rinne gezogen, die durch ein Loch in der Wand quer über den Küchenboden führte und von dort aus hinab in die Toilette lief. Wenn sich drinnen jemand einseifte, schwammen kleine Schaumflöckchen quer durch die Küche und verschwanden in der Wand am anderen Ende. Eine Dusche gab es nicht, geschweige denn eine Wanne. Auf dem offenen Feuer im Hof musste erst ein Eimer Wasser heiß gemacht werden, dann mischte man so viel kaltes Wasser dazu, bis es eine angenehme Temperatur hatte, schöpfte es mit einer Schale aus dem Eimer und goss es über sich. Zum Waschen gab es ein großes Stück grüne Olivenölseife, die kaum schäumte und muffig roch. Wenn wir aus Deutschland zu Besuch kamen, stellte uns Großmutter eine Flasche Elidor-Shampoo hin, weil unser Haar von der grünen Seife strohig wurde. Wir sollten das gute Shampoo bekommen.

In den Tagen vor unserer Abreise wich ich meinem Vater aus. Seine Mutter starb, und ich wusste nicht, was ich zu ihm sagen sollte. Mit ihm konnte ich schon unter normalen Umständen keine richtige Unterhaltung führen. Oft standen wir nur beklommen beieinander. Wenn wir miteinander sprachen, unterhielten wir uns über das Fernsehprogramm oder darüber, wo meine Mutter war und wann sie zurückkommen werde. Sonst schwiegen wir. Ich sagte mir, Vater und Tochter müssten doch auch miteinander schweigen können. Aber miteinander schweigen konnte man nur, wenn man auch miteinander reden konnte.

Zur Beerdigung meiner Großmutter flogen wir mit sieben Gepäckstücken, vier davon waren vollgestopft mit alten Kleidern, die wir nicht trugen. Zur Beerdigung – ich ertappte mich immer wieder dabei, wie ich von der Beerdigung sprach. Als wäre es gewiss, dass wir meine Großmutter unter die Erde bringen würden, bevor wir nach Deutschland zurückflogen. Auch meine Eltern schienen fest davon auszugehen. Meine Mutter hatte den Rückflug in genau drei Wochen gebucht.

»Mehmet hätte uns nicht angerufen, wenn es ihr nicht wirklich schlecht ginge«, sagte sie, als sie mit den Tickets zurückkam.

»Drei Wochen?«, fragte mein Vater, und es war nicht ganz klar, ob ihm das zu viel oder zu wenig war.

»Na ja, je nachdem, wann sie … wann es so weit ist, können wir einen Teil der Trauerzeit noch dort bleiben. Ganze vierzig Tage kann ich natürlich nicht bleiben«, sagte sie.

Keiner von uns hatte vor, vierzig Tage im Dorf zu verbringen.

Blieb nur zu hoffen, dass meine Großmutter rechtzeitig starb.

3

Onkel Mehmet wartete am Flughafen auf uns. Er sah aus wie mein Vater, die gleichen Augen, die gleiche Frisur, er war lediglich einige Jahre jünger. Er trug eine Hose mit Bügelfalte und ein kariertes Hemd, die Ärmel hochgekrempelt. Ich hatte ihn noch nie in solchen Hosen gesehen. Im Dorf trug er immer schwarze Schalwars, Hosen mit weiten Beinen und Gummizug, deren Schritt so geschnitten war, dass er bis zu den Kniekehlen hinabreichte. Onkel Mehmet eilte auf uns zu, umarmte zuerst meinen Vater, küsste dann meine Mutter und schließlich mich auf die Wangen. Er nahm uns das Gepäck ab und rief einen der jungen Männer in den blauen Kitteln heran, die einem für ein paar Lira die Koffer ins Auto trugen. Onkel Mehmet hatte kein eigenes Auto, er hatte sich das eines Nachbarn im Dorf geliehen.

»Wie geht es ihr?«, fragte meine Mutter, nachdem sie sich zu mir auf die Rückbank gesetzt hatte.

»Sie liegt immer noch, manchmal sagt sie, sie sei so schwach, sie würde die Nacht nicht überleben. Dann rufen wir alle zusammen, und bis zum Morgen geht es ihr besser.«

Wahrscheinlich war sie gar nicht sterbenskrank, dachte ich. »Was sagt der Arzt?«, fragte meine Mutter.

»Er sagt, wir sollen ihn sofort rufen, wenn es ihr schlechter geht.«

Mein Vater saß vorn, neben Onkel Mehmet. Das Reden überließ er seiner Frau. Er redete sonst schon nicht viel, aber in Anwesenheit seines Bruders war er noch schweigsamer. Wahrscheinlich war er genauso froh wie ich, dass wir meine Mutter hatten. Wir konnten dabeisitzen wie unbeteiligte Zuschauer. Es war heiß, ich wollte das Fenster herunterkurbeln.

»Lieber nicht, die Fenster hinten rutschen immer runter, wenn man versucht, sie zu öffnen«, sagte Onkel Mehmet. »Ich mache vorn auf.« Die Gurte im Auto funktionierten auch nicht. Wenn wir an einem Polizeiwagen vorbeikamen, legten mein Vater und Onkel Mehmet die schlaff herunterhängenden Gurte quer über ihre Oberkörper und schoben sie zur Seite, sobald wir die Polizisten hinter uns hatten.

Ich schaute zum Fenster hinaus und erkannte die blauen Ortsschilder wieder, auf denen unter dem Namen der Stadt die Einwohnerzahl stand, und dann, in der Stadt, die quaderförmigen Wohnblocks, cremefarben gestrichen mit hölzernen Fensterrahmen, kleine Moscheen mit spitzen Minaretten, staubige Fußballplätze, auf denen mitten am Tag niemand kickte. An uns fuhren große Busse vorbei und Eselskarren. Als wir an der Ampel halten mussten, rollte ein kleiner Motorroller heran. Der Vater lenkte, zwischen seinen Knien stand ein Kind, hinter dem Vater saß die Mutter und hielt ein Baby auf dem Arm.

»Dass das nicht schon lange verboten ist«, sagte meine Mutter und zeigte mit dem Kinn zum voll beladenen Motorroller. »Das ist doch lebensgefährlich.«

»Das ist verboten«, sagte Onkel Mehmet. »Aber die Leute fahren trotzdem.«

»Was soll der Mann machen, wenn er kein Auto hat?«, murmelte mein Vater.

Wir fuhren aus der Stadt heraus. Die Landschaft war karg und trocken. Wir kamen vorbei an staubigen Feldern mit Pistazien- und Olivenbäumen. Mein Vater erkundigte sich nach den Pistazien, ob sie gut gediehen und ob eine gute Ernte zu erwarten sei. Pistazienbäume tragen nur jedes zweite Jahr Früchte, das hatte mir mein Vater einmal erklärt.

»Wir hoffen in diesem Jahr auf eine gute Ernte«, sagte Onkel Mehmet.

Meine Mutter schimpfte darüber, dass die Menschen im Dorf sich immer noch so abhängig von der Pistazienernte machten. Sie sollten Viehzucht betreiben, ihr Gemüse auf dem Markt verkaufen, sich Arbeit in Fabriken suchen. Aber nicht wie vor dreißig Jahren auf die Pistazienzeit warten.

»In den Fabriken gibt es auch keine Arbeit«, sagte Onkel Mehmet.

Für meine Mutter stand fest, dass die Leute im Dorf zu bequem waren. Lieber schlugen sie sich mit wenig Geld durchs Jahr, als dass sie ein bisschen Unternehmergeist entwickelten, sagte sie.

Auf dem Weg trieb ein alter Mann seinen Esel mit einem Stock voran, das Tier war beladen mit Maisblättern. Die Menschen, die hier lebten, waren Bauern, und meine Mutter redete von Unternehmergeist. Seit Generationen hatten sie auf die Pistazienernte gewartet, also würden sie auch in diesem Jahr darauf warten. Wenn ihnen das Schicksal gut gesinnt war, *inşallah*, würde sie reich ausfallen.

Mir war es unangenehm. Wir waren noch nicht eine Stunde in der Türkei, und meine Mutter saß auf der Rückbank und erklärte Onkel Mehmet die Welt.

»Wenn wir eine gute Ernte haben, lassen wir unseren Pflug reparieren«, sagte er, als wolle er meiner Mutter beweisen, dass er doch Unternehmergeist habe.

Aber er würde keinen Eindruck bei ihr machen.

Meine Mutter war mit meinem Vater im Alter von achtzehn Jahren vor einem Leben als Bäuerin davongelaufen und konnte nicht verstehen, dass ihre Verwandten geblieben waren und sich noch immer damit arrangierten.

Endlich war rechts das himbeerrote Haus auf dem Hügel zu sehen. Früher hatte dort der Friedhof gelegen. Jetzt wohnten hier die Lehrer des Dorfes, und meine Mutter sagte, sie würde keinen Tag in so einem Haus verbringen.

»Ich würde mich auf der Stelle beim Dorfvorsteher oder wer auch immer dafür zuständig ist beschweren.«

Onkel Mehmet lachte nur. »Was soll denn da der Vorsteher tun? Sollen die Lehrer doch froh sein, dass sie ein Haus zur Verfügung gestellt bekommen.«

Das Auto rollte an den Feldern vorbei, am Fluss, in dem die Jungen aus dem Dorf schwammen, am Polizeirevier, dann am Teehaus, in dem sich die Männer trafen. Früher, als wir mit unserem beigefarbenen Opel Rekord durch das Dorf zum Haus meiner Großeltern gefahren waren, liefen die Kinder neben uns her und versuchten zu sehen, wer da kam. Wir mussten dann, wenn der Wagen vor dem Haus stand, darauf aufpassen, dass sie nicht auf die Kühlerhaube oder das Dach kletterten. Jetzt interessierten sich nicht ein-

32

mal die Kinder auf der Straße für uns. Ein Auto war nichts Aufregendes mehr. Nach dem Teehaus bogen wir ab. Wären wir weiter geradeaus gefahren, wären wir zum alten Haus meiner Großeltern gekommen.

»Schade, ich hätte gern gesehen, was aus dem alten Haus geworden ist«, sagte ich zu meiner Mutter auf Deutsch. Ich fragte mich, ob Döndü, die Witwe von Onkel Yusuf, dort noch wohnte. Aber das konnte ich jetzt nicht fragen. Alles, was mit Döndü zu tun hatte, waren heikle Themen, über Döndü sprachen wir nicht, schon gar nicht, wenn mein Vater und Onkel Mehmet mit uns im Auto saßen.

Wir bogen in den Hof meiner Großmutter ein. Die ganze Zeit versuchte ich, diesen typischen, scharfen Geruch zu erschnüffeln, ich suchte nach etwas Qualmigem in der Luft, aber es roch nach nichts. Früher hatte hier immer ein bitterer, beißender Gestank in der Luft gelegen, das komme von der Seifenfabrik, sagten die Leute. Wahrscheinlich gab es diese Fabrik nicht mehr. Onkel Mehmet stellte den Motor ab und zog die Handbremse an. Wir öffneten die Türen und stiegen aus. Das Haus lag hinter einem Mäuerchen aus grauen Betonblöcken. Die waren wohl übrig gewesen, es waren die gleichen, aus denen auch das Haus gebaut war. Ein kleines, flaches Bauernhaus, das man hier vielleicht modern nannte, ich fand es hässlich. Wie schön war doch das alte Haus meiner Großeltern gewesen. Es war aus dunklem Lehm, man betrat es durch ein großes, schweres Holztor, wie eine Ritterburg. Wenigstens die Mauer hätten sie so machen können wie die Nachbarn, dachte ich. Dort hatte man große, flache Steine aufeinandergeschichtet und kleine Steine in die Spalten geschoben. Ein Stein stützte den nächsten, und dennoch sahen die Mauern aus, als wären sie unumstößlich. Unsere Mauer war nicht mehr und nicht weniger als eine nackte Grenze. Im Hof gackerten ein paar Hennen, an einem Seil lag ein mageres Schaf. Özlem kam die drei Stufen aus dem Haus herunter, umarmte uns und machte sich gleich an das Gepäck im Kofferraum.

4

Im Hausflur standen Getreidesäcke, Baumaterial, sperriges Werkzeug. Auf der untersten Steinstufe saß ein kleines Kind, das war wohl Özlems Tochter. Das Mädchen hatte eine rotzige Nase, und die Haare standen ihm wirr vom Kopf. Es schaute uns verschämt an. Als meine Mutter es nach seinem Namen fragte, stand es auf und drückte sich an Onkel Mehmet.

Wir zogen unsere Schuhe aus und gingen ins Haus. Außer uns schien niemand da zu sein.

»Fevzi ist noch auf dem Feld, setzt euch«, sagte Özlem und brachte Gläser und zwei Plastikflaschen mit kaltem Wasser. Mein Cousin Fevzi war zwei Jahre älter als ich. Als ich das letzte Mal hier war, war Fevzi auch immer auf dem Feld gewesen. Ich wusste nicht, wo die Felder waren, und auch nicht, was dort sonst noch wuchs außer Pistazien, es interessierte mich auch nicht. Ich wusste nur, dass die Arbeit auf dem Feld das war, was die Männer hier im Dorf taten.

Meine Eltern wollten gleich nach Großmutter sehen und gingen nach oben in das Zimmer, in dem sie lag. Ich trottete hinterher.

Großmutter war dünn und blass. Sie schlief und war angezogen, als hätte sie sich nur für einen kleinen Mittagsschlaf hingelegt. Sie trug eine schwarze Pluderhose mit kleinen, roten Blümchen darauf und ein langes, loses Kleid, das ebenfalls geblümt war. Solche Stoffe kannte ich nur aus dem Dorf, und wenn ich an meine Großmutter dachte, sah ich sie immer nur in diesen geblümten, dunklen Kleidern. Mit einem Mal war ich mir nicht mehr sicher, ob es gut war, mit hierhergekommen zu sein. Ich wusste ja schon am Telefon nichts mit ihr anzufangen, und bei meinem letzten Besuch hatten wir auch nur wortkarg beieinandergesessen. Jetzt konnte sie nur noch liegen, und ich fragte mich, was ich hier drei Wochen lang tun sollte. Wahrscheinlich würde mir nichts anderes übrig bleiben, als mit meiner Mutter und den anderen Frauen aus der Familie an Großmutters Bettkante zu sitzen und ihr abwechselnd die Hand zu halten.

»Sollen wir sie nicht lieber schlafen lassen?«, flüsterte ich.

Meine Mutter setzte sich auf das Bett, und Großmutter wachte auf.

»Da seid ihr ja«, sagte sie. Sie versuchte sich aufzurichten, aber meine Mutter und mein Vater riefen beide, sie solle liegen bleiben. Sie müsse sich schonen.

Dann drehte sie sich zu mir.

»Zeynep, mein Mädchen, du bist auch gekommen«, sagte sie. Ihre Stimme klang nicht so dünn wie am Telefon, nur ein bisschen belegt. Ich hatte ganz vergessen, wie sehr sie und mein Vater einander ähnelten, die gleichen schmalen dunklen Äuglein, das gleiche runde Gesicht, der Mund. In vierzig Jahren würde ich vermutlich genauso aussehen wie meine Großmutter. Ich ging näher an ihr Bett. Eigentlich hätte es sich gehört, dass ich ihre Hand küsste und sie an meine Stirn führte. Ich wusste aber nicht, ob man das auch machte, wenn die andere Person lag. Großmutter streckte mir die Arme entgegen, und ich dachte, das Beste sei, wenn ich sie umarmte. Ich drückte mich gegen sie und küsste ihre Wangen. Sie roch säuerlich am Hals, sogar noch ein bisschen stärker, als ich es in Erinnerung hatte. Sie küsste mich ebenfalls auf die Wangen und sagte: »*Kurban olayım sana, nenesinin canı!* Großmutters Liebling, mein Leben würde ich für dich geben.« Ich antwortete nichts, weil ich nicht wusste, was man darauf sagte, und fragte nur, wie es ihr gehe.

»Gut geht es mir. Seit ein paar Tagen habe ich aber keine Kraft mehr in den Beinen. Ich werde so schnell müde, das Gehen und Sitzen strengt mich an. Also bleibe ich die meiste Zeit im Bett liegen.«

So hatte ich mir meine sterbenskranke Großmutter nicht vorgestellt. Sie klang fast vergnügt. Vielleicht stand es gar nicht so schlimm um sie, wie Onkel Mehmet gesagt hatte.

»War der Arzt hier, um nach dir zu sehen?«, fragte meine Mutter.

»Ach, der Arzt, der Arzt«, sagte sie unwirsch, »mal kommt er und mal kommt er nicht. Was soll er denn tun? Vor dem, das mir bevorsteht, kann mich auch kein Arzt retten. Ich lasse Gül bacı rufen, wenn es mir schlecht geht.«

Gül bacı war die Heilerin des Dorfes. Die Leute vertrauten ihr mehr als dem Arzt aus der Stadt. Sie kam, wenn sich ein Kind den Fuß verstaucht hatte, man ließ sie holen, wenn eine in den Wehen lag, und sie half, wenn ein Zahn eiterte. Gül bacı war auch gekommen, als mich der böse Blick getroffen hatte. Meine Eltern und ich waren einkaufen gewesen, und in einem Schaufenster hatte ich schöne Ohrringe gesehen. Filigrane Blütenblätter aus Gold um einen dunkelroten kleinen Stein. Wir gingen hinein, und der Schmuckhändler fragte mich, ob ich sie gleich tragen wolle. Ich hatte schon Ohrlöcher, aber sie waren zu eng für den Stecker der neuen Ohrringe. Er drückte die Ohrringe so fest in mein Ohrläppchen, dass mir erst heiß und dann schwindelig wurde und ich mich vor seinem Laden auf den Gehweg erbrach. Gül bacı sagte, mich hätte der böse Blick getroffen. Ich setzte mich, über meinen Kopf breiteten sie ein Tuch, und ich hörte nur, wie Gül bacı nach einem Feuerzeug verlangte, dann zischte und knallte es laut. Lange Zeit dachte ich, Gül bacı hätte irgendetwas zum Explodieren gebracht. Später erklärte mir meine Mutter, dass sie geschmolzenes Blei in eine Schüssel gegossen und so den bösen Blick vertrieben hätten. Als ich Gül bacı fragte, was der böse Blick sei, sagte sie, es müsse jemanden in meiner Nähe geben, der neidisch sei und mir die neuen Ohrringe nicht gegönnt habe, deshalb sei ich krank geworden.

»Wir werden dich in die Stadt bringen, dort wird man dich im Krankenhaus untersuchen«, sagte meine Mutter zu Großmutter. Mein Vater stand daneben, rieb sich unbeholfen die Hände und sagte nichts.

Unten im Wohnzimmer saß inzwischen mein Cousin Fevzi, der vom Feld gekommen war. Er war groß und schlank,

38

ganz anders als sein Vater. Mir fielen seine zweifarbigen Füße auf. Der Fußrücken war braun wie Erde, die Stellen, die von seinen schwarzen Gummischuhen bedeckt wurden, waren weiß geblieben. Er sprang auf, als wir hereinkamen, er küsste erst meinem Vater, dann meiner Mutter die Hand. Meine Mutter wollte sich die Hand nicht küssen lassen, das hatte sie noch nie gemocht, sie umarmte ihn stattdessen. Fevzi und ich gaben uns die Hand, und ich war ein wenig verlegen. Wir lächelten einander an, aber im Grunde standen wir uns gegenüber wie Fremde. Er war nicht viel älter als ich, trotzdem fühlte ich mich wie seine kleine Schwester. Als wir noch Kinder waren, hatte er mir gezeigt, wie man Schafe zum Tränken an den Bach führte, wie man sie mit »brrt, brrt« antreiben konnte und dass sie schneller liefen, wenn man ihnen mit einem Stock leicht auf das Hinterteil schlug. Ich war das Mädchen aus Deutschland, das von so etwas keine Ahnung hatte. Jetzt war ich die Frau aus Deutschland, und Schafe hatte ich seither nur bei Ausflügen gesehen. Wir setzten uns auf die flachen Sitzkissen, die ringsherum entlang der Wand auf dem Boden ausgelegt waren. Als Lehnen schoben wir uns prall gestopfte, lange Kissen in den Rücken. Ich setzte mich neben meinen Vater. Der Besuch aus Deutschland saß an der einen Wand, die Verwandten aus der Türkei an der gegenüberliegenden. Ich streckte meine Beine aus und zog sie schnell wieder an mich, als ich sah, dass niemand außer mir mit ausgestreckten Beinen dasaß. Onkel Mehmet und Fevzi fragten nach Deutschland, nach der Arbeit und wann wir wieder zurück in die Türkei kommen wollten. Wir fragten nach dem Leben im Dorf, nach der Arbeit und nach der Politik. Dann wusste keiner mehr etwas zu erzählen, und es machte sich ein ungemütliches Schweigen breit.

»Du bist groß geworden«, sagte Onkel Mehmet zu mir. Mein Vater lachte, und ich lächelte.

»Eine richtige Dame ist sie geworden.« Ich war zweiunddreißig, in seinen Augen sehr wahrscheinlich eine unverheiratete alte Schachtel, wenn Onkel Mehmet »Dame« sagte, war das alles andere als ein Kompliment.

»Studierst du noch?«, fragte Onkel Mehmet. Mein Vater lachte noch einmal, geschmeichelt, dass man mich für jünger hielt, als ich war. Ich sah meinen Vater streng an. Was war er nur so verlegen, so linkisch, wenn Onkel Mehmet dabei war?

»Mehmet, Zeynep arbeitet seit fünf Jahren«, sagte meine Mutter.

»Ich arbeite für eine Zeitung«, sagte ich. Jetzt, wo meine Mutter schon den Anfang gemacht hatte, musste ich doch auch ein paar Worte mit ihm wechseln. Niemand brauchte zu wissen, dass ich im Moment keinen Job hatte. Nicht, weil ich mich dafür schämte, aber ich hätte so viel erklären müssen, und dazu hatte ich keine Lust.

»Schreibst du dann auch Lügen, so wie unsere Journalisten hier?«, fragte er. »Die schreiben nur Lügen.« Er gefiel sich als kritischer Zeitungsleser, dabei war ich mir nicht einmal sicher, ob er lesen und schreiben konnte.

»Was für Lügen denn?«, fragte ich. Ich wollte mich nicht auf eine Diskussion mit ihm einlassen, aber ich konnte ihm schlecht gegenübersitzen und ihn anschweigen.

»Zum Beispiel, dass die Europäer die Türkei in ihre

Union aufnehmen werden. Jeder weiß, dass ihr uns nicht wollt. Ihr haltet uns hin. Wenn ihr es uns wenigstens offen sagen würdet, dann wüssten wir Bescheid.« Es war drückend heiß, ich war genervt, dass ich drei Wochen lang in diesem Kaff sitzen musste, und nun ging mir mein Onkel mit der EU-Mitgliedschaft auf die Nerven.

»Schreib doch mal in deiner Zeitung, dass die Türkei auf die Mitgliedschaft pfeift. Aber das traust du dich wahrscheinlich nicht.«

Während ich noch überlegte, wie ich dieses alberne Gespräch abbrechen könnte, brachte Özlem ein Tablett mit einer aufgeschnittenen Wassermelone herein. Meine Mutter erhob sich und fragte, ob sie Hilfe in der Küche brauche. »Nur herein damit, Özlem. Stell die Melone zu unseren Gästen. Die sehen das ganze Jahr keine Wassermelonen in Deutschland.« Die Melone hatte mich erlöst, dankbar folgte ich meiner Mutter aus dem Zimmer. Lieber saß ich mit den Frauen in der Küche als bei Onkel Mehmet und seinen Fragen.

Die Küche war ein dunkler, hoher Raum mit einem kleinen Fenster, das hoch oben angebracht war, man konnte kaum hinaussehen. Die Sonne hielt man sich wegen der Hitze aus dem Haus. Von der Decke hing eine schwache Birne, die wenig Licht gab. Özlem holte Metallschüsseln mit gefrorenem Wasser aus der Kühltruhe und zerbrach das Eis im steinernen Waschbecken in kleine Stücke.

»Wie geht es Mutter?«, fragte meine Mutter. »Sie sah nicht gut aus eben.«

»Einen Tag geht es ihr gut und den anderen wieder

schlecht. Als wir euch anriefen, dachten wir, sie stirbt.
Jetzt geht es ihr wieder ein bisschen besser, *Allaha bin şü-
kür*, dem Allmächtigen sei tausend Dank.«

»Wir werden uns ein Auto nehmen und sie in die
Stadt ins Krankenhaus bringen«, sagte meine Mutter.
»Dass Mehmet sich nicht schon längst darum gekümmert
hat.«

»Mein Schwiegervater sagt, der Arzt kommt jede Woche. Er werde uns schon sagen, wenn wir sie ins Krankenhaus bringen sollen«, sagte Özlem.

»Mehmet, wenn ihr euch auf Mehmet verlasst, stirbt sie
euch unter den Händen weg. Mit seinen zwei Gramm Verstand glaubt er, er hätte alles im Griff.«

Meine Mutter hatte Recht, ich konnte mir gut vorstellen, wie Onkel Mehmet ebenso penetrant und großmäulig
auf Özlem einredete wie auf mich. Es wunderte mich
nicht, dass meine Mutter so abfällig über ihn sprach. Wenn
zu Hause das Gespräch auf ihn kam und sie ihn als faul
und ignorant beschimpfte, verteidigte ihn mein Vater nur
halbherzig. Ohne dass er mir je etwas Böses getan hätte,
war er mir schon immer unangenehm gewesen. Ich war damit groß geworden, dass Onkel Mehmet ein schlechter
Mensch war und man sich besser von ihm fernhielt. Jetzt
fragte ich mich, was wohl der Grund für so viel Ablehnung
zwischen meinen Eltern und ihm war.

Özlem brachte den Männern im Wohnzimmer *ayran*, ge-
salzenen Joghurt mit Wasser, dann füllte sie uns davon in
Gläser auf einem kleineren Tablett, das wir mit zu Großmutter hinaufnahmen. Ich hatte vergessen, wie streng sich

das Dorfleben in die Welt der Frauen und in die Welt der Männer aufteilte. Großmutter war wach.

»Wie fühlst du dich? Soll ich dein Kissen neu aufschütteln?«, fragte meine Mutter, setzte sich zu Großmutter und nahm deren schmale Hand zwischen ihre eigenen. Es war ein Anblick, der mir aus deutschen Krankenhausserien vertraut war, hier aber fremd wirkte.

»Mir geht es gut«, sagte sie. »Macht euch keine Sorgen. Ich freue mich sehr, dass ihr gekommen seid.«

Özlem hielt Großmutter ein Glas *ayran* an die Lippen, sie versuchte, es selbst zu halten, aber Özlem ließ das Glas nicht los. »Langsam«, sagte sie mit sanfter Stimme. Großmutter trank mit großen Schlucken gemächlich das ganze Glas leer.

»Zum Glück bin ich krank geworden, sonst hätte man euch ja nicht zu Gesicht bekommen, festgeklebt seid ihr in eurem Deutschland.« Meine Großmutter war krank und schwach. Dennoch konnte sie es nicht lassen, mit ihrem Lieblingsthema anzufangen. Seit ich denken konnte, lag sie meinen Eltern in den Ohren, sie sollten doch endlich zurückkommen. Sie glaubte, dass mein Vater längst ins Dorf zurückgekehrt wäre, wenn meine Mutter nicht so einen starken Einfluss auf ihn hätte.

»Ich wollte euch noch einmal sehen, bevor ich sterbe. Mit klarem Verstand und allen Sinnen. Wenn ich tot bin, ist es zu spät.«

»Wer redet denn hier von Sterben?«, sagte meine Mutter, und ich fand es ein wenig lächerlich, dass sie jetzt so tat, als wären wir nur aus lauter Sehnsucht hier.

»Mir soll es recht sein«, sagte meine Großmutter. »Wenn

ich nicht in so einem Zustand wäre, würdest du jetzt nicht hier sitzen, sondern in Deutschland, vor deinem Fernseher.«

Am Abend sagte Özlem, sie habe uns die Betten im hinteren Zimmer aufgeschlagen. Das hintere Zimmer lag neben dem Wohnzimmer, in dem abgesehen von einer Nähmaschine mit Fußantrieb nichts stand. Eine der Wände hatte große, eckige Vertiefungen, in denen tagsüber die aufgerollten Matratzen, Decken und Kissen aufbewahrt wurden. Im alten Haus meiner Großeltern hatte es auch solche Vertiefungen in der Wand gegeben. Fevzi und ich hatten einmal alle Decken herausgezogen und uns gemeinsam in eine der leeren Kuhlen gelegt. Als uns Großmutter fand, zog sie uns schimpfend heraus. Sie schlug Fevzi so fest auf den Kopf, dass er aufschrie. Mich nannte sie eine kleine Hure, und Fevzi erklärte mir später, was das bedeutete.

Ich sollte mit meinen Eltern in einem Raum schlafen, das hatte ich seit fünfzehn Jahren nicht mehr getan.

Meine Mutter zog sich in aller Ruhe aus, ich war ihre Tochter und mein Vater ihr Mann. Sie musste sich vor niemandem schämen. Mein Vater suchte seinen Pyjama aus dem Koffer, nahm seinen Waschbeutel und verschwand. Ihm war die ganze Situation offenbar genauso unangenehm wie mir. In Berlin trug ich zum Schlafen alte T-Shirts, hier hatte ich mir extra ein langes Nachthemd von Özlem geliehen.

Meine Mutter und ich lagen unter unseren dünnen Decken, als mein Vater zurückkam.

»Du siehst aus, als wärest du aus einem Straflager geflohen«, sagte meine Mutter und lachte.

»Was soll ich machen? Özlem hat ihn mir eben in die Hand gedrückt«, sagte mein Vater. Der Pyjama mit den hellgrauen und dunkelblauen Streifen wirkte nagelneu, an den Ärmeln und über der Brust konnte man die scharfen Bügelkanten noch sehen. Mein Vater hob den Arm ans Gesicht und sagte: »Furchtbar, der riecht nach Mottenkugeln.«

»Hättest du eben gesagt, dass du deinen eigenen dabeihast«, sagte meine Mutter und rollte sich auf die Seite. Eine Weile sprach niemand, und wir versuchten, es uns in den fremden Betten bequem zu machen.

»Deine Mutter sieht nicht gut aus«, sagte meine Mutter dann. Mein Vater versuchte immer noch, mit seinem Kopfkissen zurechtzukommen, das randvoll mit Schafswolle gefüllt war. Gästen gab man die prallsten und größten Kissen.

»Nein«, sagte mein Vater und gab sich Mühe, das Kissen platt zu drücken. Für einen Mann, dessen Mutter im Sterben lag, wirkte er sehr gelassen.

»Diese Kissen«, schimpfte er und rollte es von sich. »Kein Mensch kann auf so etwas liegen, ohne einen steifen Nacken zu bekommen.«

»Wir fahren morgen früh mit ihr ins Krankenhaus«, sagte meine Mutter. Mein Vater fluchte noch ein bisschen über die Matratze, die kurze Decke und darüber, dass er jetzt ohne Kissen schlafen musste. Ich drehte meinen Eltern den Rücken zu. Würden sie sich jetzt zur guten Nacht küssen, würde sich meine Mutter an ihn schmiegen? Vielleicht würde er sich von hinten an sie drücken und den Arm um sie legen. So war ich mit Stefan manchmal eingeschlafen.

Vor meinem Fenster schliefen die Kühe und das Pferd, und ich lag auf einer Matratze, die nach nassem Schaf roch. Meine Eltern lagen keine zehn Schritte von mir entfernt, gleich würden sie anfangen zu schnarchen. Ich rollte mich ein und hoffte, dass die drei Wochen nicht so lang würden, wie ich befürchtete.

5

Am Morgen hatten Onkel Mehmet und mein Vater wieder
den Wagen der Nachbarn ausgeliehen. Die beiden Männer saßen vorn, Großmutter lag mehr, als dass sie saß,
zwischen mir und meiner Mutter auf der Rückbank. Wir
hatten sie hinuntergetragen, und sie hatte gestöhnt. Ich
hoffte, dass sie die Fahrt heil überstehen würde, und vor
allem, dass mir nicht übel wurde. Als Kind hatte ich mich
auf jeder Autofahrt zwischen dem Dorf und der Stadt
übergeben.

»Gut, dass ich krank geworden bin, sonst würde mich
Mehmet nie im Leben in die Stadt fahren«, sagte meine
Großmutter so laut, dass es auch Onkel Mehmet hören
konnte. Onkel Mehmet schüttelte den Kopf und drehte
sich nicht einmal zu ihr um.

Wir hatten keinen Termin im Krankenhaus und wussten
nicht, wohin. Meine Mutter, wie immer im festen Glauben,
sie hätte die Dinge besser im Griff als die anderen, ging an
die Rezeption und erklärte der jungen Frau mit dem weißen Häubchen, ihre Schwiegermutter sei schwer krank und
sie sei eigens aus Deutschland gekommen, um sich um
sie zu kümmern. Ich fand es unangenehm, wie sich meine
Mutter wichtig machte. Die Schwester schickte uns in die
vierte Etage, dort sollten wir uns noch einmal anmelden.

Für Großmutter gab man uns einen klapprigen Rollstuhl, ich schob sie dorthin, wohin meine Mutter mich dirigierte.

Oben saßen schon viele andere, die Bänke an den Wänden reichten nicht aus, manche hockten auf dem Boden, kleine Kinder sprangen umher, Babys weinten. Eine Frau versuchte, ihrem Kleinkind ein wenig Wasser aus einer großen Plastikflasche einzuflößen. Onkel Mehmet, Vater und ich standen tatenlos herum und warteten darauf, dass meine Mutter sagte, was zu tun sei.

»Setzt euch irgendwohin, ich suche einen Arzt«, sagte sie.

»Du bleib bei Großmutter«, wies sie mich an. Mein Vater und Onkel Mehmet verzogen sich ans Fenster, wo sich Onkel Mehmet eine Zigarette anzündete. Wenn ihm nach einer Zigarette war, dann rauchte er, ob nun ein Verbotsschild an der Wand hing oder nicht.

»Ich hätte euch gleich sagen können, dass man ohne Termin gar nicht erst herzukommen braucht«, sagte meine Großmutter und seufzte. Man sah ihr die Anstrengung an.

Ich sagte, sie solle sich auf meine Mutter verlassen. Die werde ihr einen Termin verschaffen.

»Ja, die glaubt, wenn sie sagt, ich bin die Madame aus Deutschland, werden plötzlich alle Behandlungszimmer frei.«

Großmutter war es also auch peinlich gewesen, wie sich meine Mutter an der Rezeption vorgestellt hatte. Ich saß neben ihr auf einer Bank. Rechts von mir saß eine Frau, die eine kleine Tüte mit Medikamenten umklammert hielt. Großmutters Hände lagen kraftlos in ihrem Schoß, ich betrachtete ihre kleinen, runden Fingernägel. Meine sahen genauso aus. Diese Frau war meine Großmutter, ich hatte ihre Augen, ihren Mund, ihre Fingernägel geerbt, doch statt Nähe oder Rührung zu empfinden, war mir so viel Ähnlichkeit zu viel. Ich wäre am liebsten aufgestanden und zu meinem Vater hinübergegangen, aber da war Onkel Mehmet. Wo blieb nur meine Mutter?

»Großmutter, ich versuche mal, eine Toilette zu finden«, sagte ich und vergewisserte mich, dass sie nicht aus ihrem Rollstuhl rutschte, sobald ich aufstand.

»Geh du, ich werde schon auf sie acht geben«, sagte die Frau mit der Tüte im Schoß. Ich lächelte ihr freundlich zu, dann sprang ich die Treppen hinunter.

Auch im Erdgeschoss saßen den ganzen Gang entlang Leute, einige mit verbundenen, die anderen mit eingegipsten Gliedmaßen. Auch sie warteten. Im Vorbeigehen sah ich, dass die Türen zu den Krankenzimmern offen standen. In manchen Zimmern lagen sechs Patienten, auf den Bettkanten saßen die Angehörigen. In Berlin hatte mich einmal eine Krankenschwester zurechtgewiesen, weil ich mich auf das Bett meiner kranken Freundin gesetzt hatte. Hier schien das niemanden zu interessieren. Aus der Nähe kam das laute Weinen und Klagen einer Frau. Ich ging weiter und stand in einem großen Vorraum, in den vier Männer einen Blutenden hereintrugen. »Macht Platz, geht aus dem Weg«, brüllten sie, Ärzte rannten herbei, ich hörte Kindergeschrei und die Stimme einer Schwester, die versuchte, Platz für eine Trage zu schaffen. Die Tür ging auf, und noch ein Verletzter wurde hereingetragen, das Blut rann ihm von der Stirn über das ganze Gesicht. Ich ging zur Seite und versuchte, ruhig zu bleiben. Verletzte und

49

Blutende in den Gängen, das kannte ich nur aus den Nachrichten, wenn irgendwo die Erde gebebt hatte oder eine Bombe explodiert war. In dem deutschen Krankenhaus, in dem ich zuletzt gewesen war, waren die Ärzte in weißen Kitteln zur Visite gekommen, an der Wand hatten Aquarellbilder gehangen und die Patienten hatten in ihren Morgenmänteln in hellen Besuchsecken gesessen oder im Gemeinschaftsraum ferngesehen.

Als ich zurück in den vierten Stock kam, standen Onkel Mehmet und mein Vater nicht mehr am Fenster. Großmutter war ebenfalls nicht mehr da. Offenbar war es meiner Mutter doch gelungen, einen Arzt dazu zu bringen, zwischen zwei Terminen nach meiner Großmutter zu sehen.

Am Ende des Ganges sah ich meinen Vater und Onkel Mehmet.

»Ist sie schon drangekommen?«, fragte ich.

»Ich glaube, deine Mutter hat den Arzt bestochen«, sagte Onkel Mehmet, die Hände in den Hosentaschen. Mein Vater stand daneben und rieb sich unsicher das Kinn.

»Wir werden wohl ein bisschen warten müssen«, sagte er und schaute sich um, ob irgendwo ein Sitzplatz frei war.

»Ich sitze doch hier nicht mit den Kranken rum«, sagte Onkel Mehmet. »Lass uns runtergehen ins Café.«

In der Cafeteria schlenderte Onkel Mehmet an der Vitrine mit den Kuchen vorbei, setzte sich an einen Tisch am Fenster und rief mir zu, ich solle ihm einen Tee mitbringen. »Aber nicht zu stark.« Mein Vater sagte, er wolle dasselbe, und setzte sich ebenfalls. Dass es unter Onkel Mehmets Würde war, sich an die Schlange an der Kasse anzustellen,

wunderte mich nicht. Doch dass sich mein Vater ohne großes Aufheben von der Obhut meiner Mutter in die Obhut
seines kleinen Bruders fallen ließ, gefiel mir überhaupt
nicht.

Eine Stunde später erkundigte ich mich bei den Schwestern, wann meine Großmutter fertig sei. Onkel Mehmet
wollte den Wagen holen und vor den Eingang der Klinik
fahren, damit Großmutter nicht so weit gehen müsse.

»Es dauert jetzt nicht mehr lange«, sagte die Schwester.
»Sie können hier warten.«

Ich gab Onkel Mehmet Bescheid, aber dann dauerte
es eine weitere Stunde, und ich ärgerte mich über die
Schwester.

Schließlich kamen meine Mutter und Großmutter heraus.

»Na endlich«, sagte ich auf Deutsch. Großmutter sah
erledigt aus. »Onkel Mehmet und Papa warten schon seit
einer Stunde mit dem Auto vor dem Eingang.«

Meine Mutter sagte, ich könne mir meine Meckerei spa-
ren. »Ohne meine Hartnäckigkeit säßen wir jetzt noch
oben im Gang.«

»Wer nicht krank ist, wird im Krankenhaus krank«,
stöhnte Großmutter, als ich ihr ins Auto half. »Den ganzen
Tag haben wir gewartet und gewartet, nur damit mir der
Arzt die gleichen Tabletten verschreibt, die ich schon zu
Hause habe.«

»Wie – das sind die, die du schon hast?« Meine Mutter
starrte Großmutter mit weit aufgerissenen Augen an.

»Von denen wird mir immer übel.«

»Und das sagst du mir jetzt?« Meine Mutter konnte sich gar nicht mehr beruhigen. »Mein Gott, du musst doch schon vorhin gemerkt haben, dass das die gleichen Tabletten sind.«

Ich schloss die Augen. Meiner Mutter war zuzutrauen, dass sie Großmutter noch einmal zum Arzt in den vierten Stock hochschleppte.

»Warum hast du das nicht schon oben gesagt?«, fragte meine Mutter wieder.

»Lass sie«, sagte Onkel Mehmet und ließ den Motor an.

»Was – lass sie? Sie braucht vernünftige Medikamente«, rief sie. Onkel Mehmet fuhr in aller Ruhe aus der Parklücke, während meine Mutter weiter vor sich hin schäumte: »Ich stelle mich nicht den ganzen Tag hier hin, damit ich nachher mit denselben Tabletten nach Hause fahre, die sie schon auf dem Nachttisch liegen hatte.«

Im Wagen war es heiß, Großmutter war blass und sagte, sie müsse sich hinlegen.

»Bringt mich nach Hause.«

»Wir fahren jetzt besser«, sagte mein Vater, als wären wir nicht schon losgefahren.

»Wozu Medikamente für eine Frau, die sowieso bald stirbt«, schimpfte meine Mutter auf Deutsch. Mein Vater starrte zum Fenster hinaus, Großmutter hatte die Augen geschlossen und lag mit offenem Mund auf meinem Arm. Ich gewöhnte mich allmählich an ihren Körper und ihren säuerlichen Geruch.

Abends warf meine Mutter meinem Vater vor, er verwandle sich in einen zweiten Mehmet. »Ich kümmere mich um deine Mutter, ich bin diejenige, die darauf besteht, dass die Frau ins Krankenhaus gefahren wird, ich bin die einzige, die sich aufregt, wenn sie zweimal die gleichen Medikamente verschrieben bekommt.« Er trotte lieber seinem Bruder hinterher, als sich Sorgen um seine Mutter zu machen. Ich stellte mich schlafend. Wir waren zwei Tage hier, und ich hatte schon genug. Meine Eltern stritten sich, Onkel Mehmet war unerträglich, mein Telefon hatte keinen Empfang, es war viel zu warm, und ich hatte niemanden, mit dem ich mich vernünftig unterhalten konnte. Özlem war nett, aber es gab nicht viel, worüber ich mit ihr hätte reden können. Sie stand in aller Frühe auf, um die Kühe zu melken, Brot zu backen und ihre Kinder zu versorgen. Und nun musste sie sich auch noch um eine bettlägerige alte Frau kümmern. Ich hatte keine Ahnung, was in ihr vorging und was sie davon hielt, dass jetzt die Verwandten ihres Mannes aus Deutschland aufgetaucht waren.

Das Schnarchen meiner Mutter musste mich geweckt haben, vielleicht hatte mich auch eines der Tiere vor dem Fenster aufgeschreckt. Plötzlich lag ich wach auf meiner Matratze, horchte, konnte aber nichts hören. Die Fenster waren angelehnt, und durch die Gitter sah ich den schwarzen Himmel. Früher, in den Sommerferien hatten wir auf dem flachen Dach geschlafen. Ich hatte auf dem Rücken gelegen, mir die riesigen Sterne angesehen und mich gewundert, warum die Sterne in der Türkei so viel größer und heller waren als in Deutschland. Jetzt war ich zu müde, um näher ans Fenster zu gehen und zu sehen, ob die Sterne immer noch so groß waren, aber einschlafen konnte ich auch nicht mehr.

Ein Stockwerk über mir war das Zimmer meiner Großmutter, vielleicht lag sie ebenfalls wach, aus lauter Angst,
sie könne wieder von ihrer toten Mutter träumen. Als ich
klein war und mich nachts fürchtete, schlich ich mich zu
meinen Eltern ins Bett. Wenn man fast achtzig war und
kaum mehr aufstehen konnte, musste man seine Angst
allein durchstehen. Mir fielen wieder Anettes Worte ein.
Sie hatte gesagt, ich würde es bereuen, wenn ich nicht zu
Großmutter flog. Jetzt war ich hier, und meine einzige
Sorge war, wie ich mir die Verwandtschaft vom Leib halten
konnte. Da hättest du auch zu Hause bleiben können,
dachte ich mir. Ich war nicht mitgekommen, weil ich an
Großmutters Bett sitzen wollte, wenn sie starb. Ich war
mitgekommen, weil das meine letzte Gelegenheit war,
meine Großmutter kennen zu lernen.

Als ich aufwachte, waren meine Eltern schon aufgestanden, ihre Matratzen waren zur Seite geschoben, die Vorhänge fest zugezogen, auch die Tür war geschlossen. Ich
hatte nichts gehört, aber ich fand es sehr angenehm, dass
man mir am Morgen meine Ruhe ließ. Die zwei, drei Stunden, die ich geschlafen hatte, hatte ich von Stefan geträumt.
Ich konnte mich nicht mehr genau erinnern, aber seine
neue Freundin hatte irgendeine Rolle gespielt. Sie würde
auch nicht glücklich werden mit ihm, er war so selbstzu-
frieden, er wusste alles besser, und im Grunde wollte er gar
keine Freundin. Er brauchte eine Frau, mit der er hin und
wieder schlafen konnte, wenn ihm danach war, aber meist
war er sich selbst genug.

6

Özlem war schon lange wach, sie hatte ihre Kinder zur
Schule geschickt und die Kühe gemolken. Ich schaute ihr
zu, wie sie zwei Eimer Milch ins Haus trug. Ihr Kopftuch
hing schief, sie trug ein hellgrünes T-Shirt mit Strassstei-
nen am Halsausschnitt und eine weite Pluderhose. Sie war
nur ein Jahr älter als ich, aber man hätte uns für Mutter
und Tochter halten können. Ich versuchte, sie mir in Jeans
vorzustellen, in einem knielangen Rock, mit schulterlan-
gem, geföntem Haar, mit getuschten Wimpern. Vielleicht
hätte ich sie dann für attraktiv gehalten. Als sie mich sah,
lächelte sie.

»*Güzelim*, bist du aufgestanden?« Meine Schöne hatte
sie mich genannt, aber es bedeutete nichts, jede sagte zu
jeder *güzelim*, ohne dass man sich gleich als schön empfinden musste. Trotzdem irritierte es mich, dass sie mich gerade jetzt *güzelim* nannte, wo ich sie in Gedanken wie eine
Anziehpuppe aus Papier nach meinem Geschmack umge-
kleidet hatte. Ich ging ihr entgegen und nahm ihr einen der
beiden Eimer ab.

»Lass nur«, sagte sie. »Hast du schon gefrühstückt?«

»Nein. Du?«

»Ich habe ein Glas Tee getrunken, mit den Kindern. Ich
mache dir gleich was.«

Wir trugen die Eimer in die Küche. Aus dem Kühlschrank nahm Özlem Schafskäse und schwarze Oliven, die viel kleiner, trockener und schrumpeliger waren als die, die es bei meinen Eltern zum Frühstück gab. Sie wusch Tomaten und schälte Gurken. Ich holte die Gummitischdecke und breitete sie auf dem Küchenfußboden aus.

»Nein, erst das Tuch dort«, sagte Özlem und zeigte auf ein beiges Baumwolltuch, das zusammengefaltet auf dem Stuhl lag.

»Du kannst die Tischdecke doch nicht auf den blanken Boden legen.«

Ich breitete zuerst das Baumwolltuch, darüber die Gummitischdecke aus. Özlem schnitt Tomaten und Gurken in kleine Stücke, einfach so in der Hand. Aus einer Tüte holte sie Fladenbrote.

Wir saßen auf dem Boden und tranken Tee. Ich hatte immer noch nicht herausgefunden, wie man es sich so bequem machen konnte.

»Weißt du noch, als du das letzte Mal hier warst? Da wusstest du auch nicht, wie du dich hinsetzen solltest.« Özlem lachte.

»Wir haben zu Hause auch einen Tisch«, sagte ich und bereute diesen Satz sofort.

»Einen schönen Esstisch hätte ich auch gern. Ich sage schon seit Ewigkeiten zu Fevzi, dass wir einen brauchen. Aber jetzt haben wir erst mal die Fenster oben machen lassen«, sagte Özlem und schnitt uns noch ein paar Stücke vom Fladenbrot ab.

»Vielleicht ist es gar nicht so ungesund, auf dem Boden zu sitzen. Ich kriege manchmal Verspannungen, weil ich bei der Arbeit immer so krumm auf meinem Stuhl sitze«, versuchte ich die Situation zu retten. Eine Weile schwiegen wir unbeholfen.

»Die jungen Frauen, die jetzt heiraten, bestehen alle darauf, dass sie einen Esstisch bekommen, mit mindestens acht Stühlen«, sagte Özlem dann. »Wenn ich jetzt heiraten würde, würde ich auch so einen großen Tisch wollen.« Wer was in die Ehe mitzubringen hatte, war genau festgelegt. Die Männer waren offenbar für das Esszimmer zuständig.

»In Deutschland gibt es keine Aussteuer. Da zieht man zusammen, und jeder bringt mit, was er hat«, sagte ich. Dabei stimmte das gar nicht. Ich kannte Paare, die sich komplett neu einrichteten, nachdem sie geheiratet hatten. »Hier wohnen die jungen Frauen bei ihren Eltern, bis sie heiraten. Die haben gar keine eigenen Möbel«, sagte Özlem.

»Du hast Recht, es ist bestimmt auch schön, wenn man heiratet und sich zusammen lauter neue Sachen aussucht.« Ich hatte mich gelegentlich dabei ertappt, wie ich durch Einrichtungsgeschäfte ging, mir Platzteller und Olivenschiffchen ansah, Suppenterrinen und Limonadengläser, Teetassen aus feinem Porzellan und schwere Bräter und dachte, so etwas würde ich mir später einmal kaufen. Dass ich mit »später« an Ehe oder zumindest an eine gemeinsame Wohnung mit einem Mann gedacht hatte, wurde mir jetzt erst klar.

Meine Mutter kam mit einem Tablett mit Großmutters Frühstücksgeschirr herein.

»Sie hat zwei Eier und Brot gegessen«, sagte sie zufrieden.

»Ja, ihr Appetit ist besser geworden«, sagte Özlem.

Sie schenkte meiner Mutter ein Glas Tee ein. »Setz dich zu uns.« Meine Mutter ging in die Hocke, dann schlug sie die Beine unter und setzte sich auf die Fersen.

»Dass ihr keinen anständigen Tisch habt. Wie kann man denn immer noch auf dem Boden essen. Das ist doch unhygienisch.«

»Mama, bitte«, sagte ich.

»Man hat hier schon auf dem Boden gesessen und gegessen, da war ich noch ein kleines Mädchen. Das war vor fünfzig Jahren«, sagte sie. »Es hat sich nichts verändert in diesem Haus.« Das Verhalten meiner Mutter war nur schwer zu ertragen, sie war ungehalten, laut und machte sich nicht einen Moment Gedanken, wie sich die anderen wohl fühlten, wenn sie so austeilte.

Özlem machte nicht den Eindruck, als sei sie gekränkt. Es sah eher so aus, als sei sie ganz froh, von meiner Mutter Unterstützung zu bekommen.

»Ich habe es Fevzi schon so oft gesagt. Aber du weißt ja, wie er ist, es geht zum einen Ohr rein und zum anderen wieder raus.«

»So viel kostet ein Tisch nicht. Wir besorgen einen, bevor wir fahren«, sagte meine Mutter.

Später sagte ich leise auf Deutsch zu ihr, dass es mir peinlich sei, wenn sie so tat, als wäre sie hier, um die Welt zu verbessern. »Du musst Özlem nicht so vor den Kopf stoßen«, sagte ich. »Wir besorgen einen Tisch bevor wir fahren«, äffte ich sie nach.

Meine Mutter sah mich mit großen Augen an. »Ich stoße

Özlem doch nicht vor den Kopf. Als dein Vater und ich nach Deutschland gingen, war es dein Großvater, den man überzeugen musste, wenn man etwas wollte, später Onkel Mehmet und jetzt Fevzi. Wenn wir vor drei Jahren Özlem nicht diese Kühltruhe in die Küche gestellt hätten, würde sie ihr Eis immer noch portionsweise in einem winzigen Eisfach im Kühlschrank frieren.«

»Hier essen die Menschen halt auf dem Boden, da musst du nicht sagen, dass sie rückständig seien.«

»Ich habe nicht gesagt, sie seien rückständig – obwohl sie das natürlich sind. Um Özlem musst du dir keine Sorgen machen. Sie versteht schon, was ich meine. Glaub mir, so romantisch ist es nicht, im Winter auf dem kalten Boden zu hocken und seine Suppe zu löffeln. Schon gar nicht für deine Großmutter. Mit deiner falschen Rücksicht unterstützt du nur deinen Cousin und deinen Onkel.«

Ich ging hinaus und setzte mich auf die Stufen vor dem Haus. Ich hatte versucht zu vermitteln, und meine Mutter warf mir falsche Rücksicht vor. Ich streckte meine nackten Füße in die Sonne und zog die Hosenbeine hoch. Die halbe Nacht hatte ich wach gelegen, ich fühlte mich schwer und träge. Die Sonne machte mich nur noch müder. Meine Mutter war impulsiv und viel zu direkt, das hatte ich noch nie an ihr gemocht, aber genau diese Entschiedenheit meiner Mutter war das, was mir oft fehlte. Sie sagte die Dinge, wie sie ihr in den Kopf schossen, und vermutlich erreichte sie mit ihrer unwirschen Art mehr als ich. Ich war meistens viel zu ängstlich und tat aus lauter Vorsicht lieber nichts statt etwas Falsches. Mit Stefan war das nicht anders gewesen. Es hatte mich gekränkt, dass er lieber mit seinen Freunden ausgegangen war, als den Abend mit mir zu verbringen, und dass wir nie zusammengezogen waren. Manchmal hatte ich mich gefragt, ob wir tatsächlich ein Paar waren oder nicht. Aber anstatt ihm zu sagen, dass ich mir mein Leben mit ihm anders vorstellte, war ich immer nur beleidigt gewesen und hatte gehofft, dass er von allein zu mir kommen würde. Jetzt hatte er eine andere.

Die Sonne blendete mich, und ich stand auf, um mich in den Schatten des Baumes zu setzen, der im Hof wuchs. Die Früchte waren noch grün. Man konnte aber schon erkennen, dass es Granatäpfel waren, am Strunk hatten sie kleine Kronen. Ich mochte Granatäpfel. In einem Fotoalbum hatte ich ein Bild, das Großvater zeigte, wie er sich nach den reifen Früchten streckte. Großvater war schon lange tot, bei seiner Beerdigung war ich nicht dabei gewesen, zwei Tage vor seinem Tod waren mir alle vier Weisheitszähne aus dem Kiefer operiert worden und ich hatte mit angeschwollenem Gesicht im Bett gelegen. War das zehn Jahre her oder schon elf? Ich versuchte mich zu erinnern, aber es fiel mir schwer. Ich hatte wegen der Zahnoperation meinen Sprachkurs in Barcelona absagen müssen, und Anette war ohne mich gefahren. Großvater und ich, wir hatten einander gemocht, aber an das Jahr, in dem er gestorben war, konnte ich mich nur über eine Eselsbrücke erinnern, der geplatzte Sprachkurs war präsenter in meinen Gedanken als sein Tod. Ich wusste nichts über ihn. Ich hätte ihn fragen müssen, mit ihm reden müssen. Warum hatte ich ihm nie geschrieben? Warum war ich nie neugierig gewesen? Sobald ich aus den Ferien zurück war, war alles, was mit der Türkei zu tun hatte, in Vergessenheit gesunken. Meine Großeltern, meine Onkel und Tanten, meine Cousins und Cousinen, sie hatten mich nicht mehr interessiert, sobald ich zu Hause war. Ich versuchte mich zu erinnern, ob es schöne Fotos von Großmutter gab, mir fielen aber nur die alten Schwarzweißfotos im Flur meiner Eltern ein, die meine Großeltern als junge Eheleute zeigten. Und ich hatte nicht einmal einen Fotoapparat mitgenommen. Dabei hatten meine Mutter und ich meinem Vater erst letztes Jahr eine digitale Filmkamera zu Weihnachten geschenkt. Die hätte ich jetzt gut gebrauchen können.

Mir gefiel die Idee, einen Film über meine Großmutter zu drehen, immer besser. Ich sah mich schon bei Großmutter am Bett sitzen, die Kamera so positioniert, dass nur sie zu sehen wäre, meine Fragen kämen aus dem Hintergrund. Großmutter würde nach und nach ganz von selbst erzählen. Meine Fragen wären nur noch kleine Anstöße. Ich würde sie nach ihrem Leben im Dorf, ihrer Jugend fragen, nach ihrer Ehe, danach, ob sie je daran gedacht hatte, von hier wegzugehen, und wie es war, als ihr Sohn nach Deutschland auswanderte. Es könnte ein wunderbarer kleiner Film werden, der vom Leben einer alten Frau in einem südostanatolischen Dorf erzählte. Vielleicht könnte ich das Material schneiden und bearbeiten, sobald ich zurück in Berlin wäre, und vielleicht könnte ich den Film sogar an einen Fernsehsender verkaufen. Aber das war mir nicht so wichtig, in erster Linie wollte ich den Film für mich drehen. Ich ärgerte mich, dass ich nicht schon in

Deutschland auf diesen Gedanken gekommen war. Hier würde es nicht einfach werden, eine vernünftige Kamera zu besorgen.

Mein Vater sagte, wir könnten erst in zwei Tagen in die Stadt fahren. Vorher könne Onkel Mehmet die Nachbarn nicht schon wieder um ihr Auto bitten.

»Können wir nicht mit dem Bus fahren?«, fragte ich. Es gab mehrmals am Tag einen Bus, der in die Stadt fuhr.

»Das können wir nicht machen. Onkel Mehmet würde es nicht zulassen.«

Wir waren Gäste und mussten chauffiert werden. Es wäre eine Schande für Onkel Mehmet, wenn er seinen Bruder und dessen Familie im Bus in die Stadt fahren ließe.

»Gibt es kein anderes Auto im Dorf?«, fragte ich.

»Warum hast du es so eilig? Du kannst die Kamera doch auch in zwei Tagen noch kaufen«, sagte mein Vater.

Drei Tage später hatte sich immer noch keine Gelegenheit ergeben, in die Stadt zu fahren. Onkel Mehmet hatte auf dem Feld zu tun. Er vertröstete mich auf den nächsten Tag. Dann fuhr er aber allein, in aller Frühe.

»Wieso ist er ohne mich gefahren?«, fragte ich Özlem. Sie zog ihrer Tochter einen Pullover und eine Hose an. Die Hose kannte ich, apfelgrüner Kord. Wenn man den Saum umschlug, konnte man das gelb-grün gestreifte Futter sehen. Sie hatte einmal mir gehört. Einen Moment war ich gerührt, dann war es mir unangenehm, dass im Dorf noch Generationen von Kindern meine gebrauchten Sachen auftrugen.

»Dein Onkel hat auf dem Großmarkt zu tun«, sagte sie und half ihrer Tochter in ein Paar Sandalen.

»Da hätte ich doch mitfahren können, und später wären wir schnell in einen Elektroladen gegangen«, sagte ich. »Das hätte doch nicht so lange gedauert.«

»Auf den Großmarkt nehmen sie uns Frauen nicht so gern mit«, sagte Özlem.

Es war mir gleichgültig, ob uns die Männer gern mitnahmen oder nicht. Dass ich gern eine Kamera gehabt hätte, schien hier niemanden zu interessieren.

»Wieso?«, fragte ich.

»Was weiß ich, mich hat er noch nie mit auf den Großmarkt mitgenommen.«

»Das ist doch albern«, sagte ich. »Ich war in Berlin wahrscheinlich schon fünfzigmal auf dem Großmarkt.« Das stimmte nicht ganz. Zwei-, dreimal war ich für die Zeitung auf dem Berliner Großmarkt gewesen. Aber hier konnte mein Onkel einfach beschließen, dass er keine Frauen mitnahm.

»Das lässt du dir gefallen?«, fragte ich Özlem. Sie schaute mich verwundert an. »Dass die Männer entscheiden, wo ihr hindürft und wo nicht? Ich muss arbeiten, ich brauche eine Kamera«, sagte ich.

Özlem sagte, wir könnten morgen zusammen in die Stadt fahren und eine besorgen. Vielleicht könnte uns Fevzi oder ihr Bruder begleiten. Sie sagte, sie habe nicht gewusst, dass ich die Kamera für die Arbeit brauchte.

»Ich dachte, du wolltest uns aufnehmen, als Erinnerung für die Zeit, wenn du wieder in Deutschland bist.«

»Nein, nein, frag Fevzi nicht.«

Erst hatte Özlem meinen Ärger abgekriegt und jetzt hatte ich sie auch noch angelogen.

Meine Mutter saß oben bei Großmutter und massierte ihr die Füße. »Das ist wunderbar, setz dich, dann kann sie dir auch die Füße massieren«, sagte Großmutter. Meine Mutter strich mit dem Handballen über Großmutters Fußsohle, umfasste die Zehen mit ihrer Hand und bog sie sanft nach vorn und hinten.

»Setz dich zu mir, mein schönes Kind«, sagte Großmutter und zog ihre Decke zur Seite, um mir ein wenig Platz auf ihrem Bett zu machen. Sie legte ihren Arm um mich und drückte mich.

»Deine Großmutter riecht sicher nach Schweiß, aber das macht ja nichts«, sagte sie und lachte leise. Ich drückte sie zurück, mein Kopf lag auf ihrer Schulter, meine Nase viel zu nah an ihrem Hals.

»Du riechst nicht«, sagte ich.

Sie drückte mich noch einmal an sich.

»Natürlich rieche ich, seit Wochen habe ich mich nicht anständig waschen können.«

Als Kind hatte ich oft mit meiner Großmutter gebadet, ich erinnerte mich an ihre riesigen, weißen Unterhosen, die sie die ganze Zeit über anließ, und daran, wie lang ihr Haar war. Wenn sie es mit ihrem kleinen Holzkamm ausgekämmt hatte, reichte es ihr bis an die Hüften.

»Wenn ich so angenehm rieche, dann küss mich doch noch mal«, sagte Großmutter und zog mich sanft am Arm. Ich musste lachen, beugte mich wieder zu ihr, zog die Luft hörbar durch Nase.

»Na ja, Großmutter, um ehrlich zu sein, du riechst doch ein bisschen.«

Nach dem Waschen saß Großmutter mit einem Handtuch um den Kopf, ganz in Weiß gekleidet auf ihrem Bett und trank Tee.

»Ihr hättet schon viel früher runtergehen und mich waschen sollen. Ich fühle mich so leicht und frisch«, sagte sie. Özlem hatte Großmutter gewaschen, ich hatte ihr Handtücher und saubere Kleider gebracht.

»Ich bade auch gern«, sagte ich. Ich erzählte ihr, dass ich jeden Tag badete, wenn ich bei meinen Eltern war. »In Berlin habe ich keine Badewanne.«

Großmutter sagte, dass sie gern wüsste, wie es sich anfühlte, bis zum Hals in heißem Wasser zu liegen. »Wenn ich eine Wanne hätte, würde ich sie bis oben hin mit Schaum füllen.« Sie fragte, ob ich oft zu meinen Eltern fuhr. Sie wollte wissen, wie weit wir voneinander entfernt wohnten, wie das Haus meiner Eltern aussah, wie meine Wohnung aussah. Sie fragte und fragte. Ich wartete darauf, dass sie fragen würde, warum ich nicht bei meinen Eltern wohnte, warum ich allein in Berlin lebte, ob ich mich nicht einsam fühlte. Aber sie fragte nicht, sie fragte nicht einmal, ob ich meine Eltern vermisste. Trotzdem erklärte ich ihr, warum ich nicht bei meinen Eltern leben konnte, dass es in meiner ehemaligen Heimatstadt keine Arbeit für mich gab. Ich sagte sogar, dass ich es schade fand, so weit weg von meiner Familie zu sein, obwohl das eher selten vorkam. Ich brachte es aber nicht über mich, sie anzulügen und zu sagen, dass ich viel lieber bei ihnen leben würde.

»Das hätte mir auch gefallen«, sagte Großmutter. »Ein eigenes Haus, das habe ich mir als junge Frau immer gewünscht.« Das überraschte mich. Ich hätte nicht gedacht, dass sie jemals das Bedürfnis nach Privatheit und Alleinsein gehabt hätte. Ich dachte, dass in der Türkei, zumindest in den Dörfern, die Menschen gern beieinander lebten, dass überall die Türen offen stehen würden, und am Abend rollte man die Matratzen aus und legte sich zueinander. Die Frauen in einem Raum, die Männer im anderen.

»Dein Großvater und ich hatten nie ein Haus für uns allein. Als wir heirateten, zogen wir zu seinen Eltern, wo auch seine beiden Brüder mit ihren Frauen und Kindern lebten. Wir hatten am Anfang nicht einmal ein eigenes Schlafzimmer.«

Auch jetzt hatte Großmutter wenig Platz für sich. Sie lebte mit Fevzi, Özlem und den Kindern zusammen.

»Wenn du heiratest, wirst du sicher ein eigenes Haus haben«, sagte Großmutter.

»Ein Haus nicht, aber eine Wohnung«, sagte ich. »Ich habe ja schon eine Wohnung.«

»Ich meine eine neue Wohnung. Der Mann, den du heiraten wirst, wird doch nicht in deine Wohnung einziehen und deine alten Sachen weiter benutzen wollen. Ihr werdet euch sicher was Neues suchen und alles neu einrichten.«

Ich antwortete nichts darauf. Manchmal hatte ich mir vorgestellt, wie es wäre, mit Stefan zusammenzuwohnen, und mir ausgemalt, wie wir uns einrichten würden. Mein bunt gemischtes Geschirr und meine alte Bettwäsche hätte ich verschenkt, und wir hätten uns neue Sachen gekauft.

»Wie alt bist du jetzt?«, fragte Großmutter. »Deine Cou-

sine Nilgün und du, ihr seid doch beide gleich alt, oder?«
Nilgün war seit acht Jahren verheiratet und hatte zwei
Töchter.

»Im Sommer werde ich dreiunddreißig«, sagte ich und
kam mir unendlich alt vor. Es gab keine Frau in der Familie, die älter als fünfundzwanzig und noch ledig war. Wäre
ich achtundzwanzig, wäre es vielleicht noch in Ordnung
gewesen, weil ich ja immerhin die Enkelin aus Deutschland war. Aber mit dreiunddreißig konnte man niemandem mehr verständlich machen, warum ich nicht verheiratet war. Wahrscheinlich tat ich meinen Tanten und
Cousinen leid, und erst recht meiner Großmutter.

»Gibt es denn niemanden, der dir gefällt?«, fragte sie. Ich
zögerte einen Moment. Dann dachte ich, warum soll ich es
ihr nicht erzählen? »Ich war drei Jahre mit jemandem zusammen, aber wir haben uns getrennt.«

Sie bat mich, ihr die Wolldecke zu geben, die am Fußende ihres Bettes lag. Ich holte die Decke und breitete sie
über ihren Beinen aus. Dann sagte sie: »Ich weiß, deine
Mutter hat es mir erzählt.«

Sie hatte ihr also von Stefan erzählt. Meine Mutter
kannte ihn, sie war freundlich zu ihm gewesen, hatte mit
ihm gelacht und ihm Karten zum Geburtstag geschrieben. Ich hatte ihr lange Zeit nicht erzählt, dass wir uns oft
stritten.

»War er ein Deutscher?«, fragte sie.

Wenn meine Mutter von ihm gesprochen hatte, musste
Großmutter wissen, dass er ein Deutscher war. Sie wollte
es offenbar noch einmal von mir hören.

»Ja«, sagte ich, »er war Deutscher.«

»Das ist doch nicht schlimm«, sagte sie. »Ein Deutscher oder ein Türke, das macht keinen Unterschied. Solange jemand ein anständiger Mensch ist.«

»Ich weiß, aber du hättest dich nie mit ihm unterhalten können«, sagte ich.

»Ich muss mich auch nicht mit ihm unterhalten. Du musst das tun«, sagte Großmutter. Ich starrte auf die Decke, in die Großmutters Füße eingewickelt waren. Unterhalten hatten wir uns schon, Stefan und ich, aber richtig miteinander geredet, das hatten wir selten. Oft hatte ich Angst gehabt, dass ich ihm auf die Nerven gehen würde, wenn ich fragte, ob er über Nacht blieb, wann wir uns wiedersehen würden, ob er Zeit hätte am Wochenende.

»Konntest du denn mit Großvater richtig reden, ich meine, hattest du das Gefühl, dass er dich wirklich versteht?«

»Wie viel er verstanden hat, weiß ich nicht«, sagte sie. »Er hat zugehört, er hat mich ernst genommen. Er hat mich nach meiner Meinung gefragt. Aber vieles habe ich auch mit meinen Schwestern besprochen, meiner Mutter habe ich manchmal Dinge erzählt, meiner Nachbarin. Man muss nicht alles mit seinem Mann besprechen.« Nach einer kleinen Pause sagte sie, Männer begriffen vieles auch gar nicht. Sie lachte. Ich musste auch lachen. »Genau das sagt meine Freundin Anette auch.«

7

»Morgen werde ich die Nachbarn um ihren Wagen bitten«, sagte Onkel Mehmet. »Dann können wir deine Kamera besorgen.«

Er hatte es also nicht vergessen.

»Das wäre großartig«, sagte ich. Dass er mir neulich einfach nicht Bescheid gesagt hatte, erwähnte keiner von uns.

»Wir können gegen Mittag fahren, vorher muss ich noch ein paar Dinge erledigen.«

»Wir nehmen auch Özlem mit«, sagte ich. Der Gedanke war mir gerade erst gekommen. Ich wusste nicht, wie oft sie in die Stadt kam, aber das war sicher eine gute Gelegenheit für sie. »Sie kann mir helfen, ein gutes Gerät zu finden.«

Onkel Mehmet lachte.

»Was versteht Özlem denn von Kameras?«, fragte er. »Es muss jemand bei Mutter bleiben. Özlem kann nicht mit.«

Özlem saß neben mir und sagte nichts. Sie spielte mit den kleinen Perlen an den Zipfeln ihres Kopftuchs. Sie bat ihn nicht um Erlaubnis, sie widersprach ihm nicht. Sie nahm einfach hin, was er sagte. Es ärgerte mich, dass Özlem nicht gefragt wurde, es ging mir auf die Nerven, dass Onkel Mehmet darüber entscheiden konnte, ob Özlem genug zu tun hatte oder nicht.

Onkel Mehmet streifte sich die Socken ab, drückte sie seinem Enkel Kerim in die Hand. Der Junge wusste, was zu tun war. Er sprang auf und trug die Socken ins Bad.

Özlem stand auf und ging ihrem Sohn hinterher. Ich hörte, wie sie zu Kerim sagte, er solle sich die Hände waschen.

Ich ließ Onkel Mehmet sitzen und ging hinaus zu ihnen.

»Warum hast du nichts gesagt?«, fragte ich sie.

»Was soll ich da noch sagen? Ich kenne ihn. Wenn er keine Lust hat, dann sagt er nein.«

»Im Auto ist doch Platz, und bei Großmutter kann meine Mutter bleiben«, sagte ich.

Özlem schob ihr Kopftuch zurecht und zog es an den Zipfeln noch einmal fest.

»Mach du dir keine Gedanken«, sagte sie. »Morgen fährst du mit ihm in die Stadt und kaufst dir eine Kamera.«

Sie schlüpfte in ein Paar Plastiklatschen und ging hinaus in den Hof. Bei jedem Schritt knallten die Latschen gegen ihre nackten Fersen. An der Wand lehnte ein kleiner Reisigbesen, Özlem nahm ihn sich und begann, den Hof mit kurzen, ruckartigen Bewegungen zu kehren. Ich konnte sie von der Tür aus sehen, aber sie drehte mir den Rücken zu. Sie vertrieb ihre Tochter Sema, die auf dem Boden hockte und mit Steinen spielte. Özlem schimpfte: »Wie oft habe ich dir schon gesagt, dass du nicht mit Steinen und Dreck spielen sollst?« Sema begann wütend zu weinen, aber Özlem fegte die Steine mit ihrem Besen zusammen.

Ich ging die drei Stufen hinunter in den Hof, nahm Sema bei der Hand und sagte: »Komm mit, wir spielen etwas anderes.«

Sie blickte mich zornig an, zog ihre Hand aus meiner und lief weg.

Später traf ich Özlem in der Küche. Sie machte Limonade und schien nicht mehr wütend zu sein. Während sie Zitronen auspresste und Zucker in den Saft rührte, warf ich die Schalen weg und versuchte, mich nützlich zu machen.

»Weißt du, was auch gut schmeckt?«, fragte ich sie versöhnlich. »Wenn man ein paar Blätter Minze hineintut. Ich hole welche.« Ich wusste, dass hinter dem Haus ganze Büsche von Minze wuchsen, und ging hinaus, um eine Handvoll Blätter abzuzupfen.

Als ich zurückkam, schlug Özlem mit einer Blechschale an den Spülbeckenrand, um das Eis darin zu lösen. Sie ließ heißes Wasser über die Schüssel laufen, schlug sie wieder scheppernd an das Spülbecken, dann erst glitt der Block heraus.

»Habt ihr keine kleinen Eiswürfel?«, fragte ich. »Man wird ja taub, bis das Eis endlich aus der Schüssel gefallen ist.«

»Doch, haben wir«, sagte Özlem und ihre Stimme klang ein bisschen gereizt. »Aber die reichen für so viele Leute nicht.«

»Es tut mir leid wegen vorhin«, sagte ich. Sie schaute mich an, offenbar wusste sie nicht, wovon ich sprach.

»Das mit Onkel Mehmet und der Kamera, weil ich doch …«

Özlem unterbrach mich.

»Ist schon gut. Da kannst du ja nichts dafür«, sagte sie. »Außerdem ist es ganz gut, wenn das mal wieder jemand anspricht.« Sie hackte das Eis mit einem großen Messer in kleine Stücke.

»Bevor Fevzi und ich geheiratet haben, war ich oft in der Stadt. Mit meinen Schwestern und Tanten sind wir Eis essen gegangen oder haben uns die Schaufenster angeschaut. Auch später, Fevzi hat mich oft mitgenommen, wenn er etwas zu erledigen hatte. Als die Kinder dann kamen, sind wir immer seltener gefahren.« Özlem füllte die Limonade in Flaschen.

»Weißt du, wenn du es zu ihm sagst, ist es immer noch etwas anderes, als wenn ich es sage. Wenn ich ihn fragen würde, ob er sich das Auto der Nachbarn leihen könnte, würde er mir nicht einmal antworten.« Özlem stellte zwei der Limonadenflaschen in den Kühlschrank.

»Das letzte Mal war ich in der Stadt, als wir zum Opferfest meine Schwester besucht haben. Die hat es gut, ist dem Dreck und den Tieren im Dorf entflohen, sie muss keine Kühe melken und keine Schafe zum Grasen treiben. Wenn wir in die Stadt gefahren wären, du und ich, dann hätten wir sie besucht. Dann hätte ich dir gezeigt, in was für einer modernen Wohnung sie lebt. Weißt du, wenn mein Schwiegervater nicht wäre, dann wären Fevzi und ich schon längst in die Stadt gezogen. Meine Schwester hat mir jedes Mal Bescheid gesagt, wenn in der Neubausiedlung, in der sie ihre Wohnung haben, etwas frei geworden ist. Aber Fevzi ist ja nicht in der Lage, mal eine Entscheidung zu treffen. Er ist abhängig von den Launen seines Vaters.«

»Dabei müsste er doch alt genug sein«, sagte ich.

Ich konnte nicht glauben, dass Onkel Mehmet darüber bestimmen konnte, was Fevzi und Özlem taten.

»Das ist keine Frage des Alters, Zeynep, das ist eine Frage des Charakters.«

Mit den Schwiegereltern in einem Haus zu wohnen und den Schwiegervater bei allem um Erlaubnis zu fragen, das hätte ich nie im Leben ertragen. Es kam ja nicht einmal so weit, dass man um Erlaubnis fragte, Onkel Mehmet traf Entscheidungen, ohne dass man etwas davon erfuhr.

»Fevzi glaubt, er finde in der Stadt keine Arbeit. Er hat ja nichts gelernt, er bewirtschaftet mit seinem Vater das Feld seines Großvaters. Hier im Dorf brauchen wir nicht viel Geld, wir leben im Haus seiner Großmutter, gut, wir kümmern uns auch um sie, sie hat ja sonst niemanden. Wir können gar nicht weg aus dem Dorf, nicht solange Großmutter noch lebt.«

Ich konnte Özlems Wut gut verstehen, sie war es, die für alle kochen musste, das Haus sauber hielt, die Tiere versorgte. Für Onkel Mehmet und Großmutter schien es selbstverständlich zu sein, dass alle Arbeit an der Schwiegertochter hängen blieb, wozu hatte man schließlich eine junge Frau im Haus?

Özlem hatte inzwischen noch einen zweiten großen Krug mit Zitronenlimonade vorbereitet.

»Bring das doch bitte ins Wohnzimmer«, sagte sie. Dort saßen Onkel Mehmet und mein Vater. Mein Vater war beim Friseur gewesen, um sich rasieren zu lassen, und Onkel Mehmet war gerade aus dem Teehaus zurückgekommen.

»Ich frage mal, ob sie welche wollen«, sagte ich.

»Natürlich wollen sie. Was willst du denn erst fragen?«, sagte Özlem, stellte Flaschen und Gläser auf ein Tablett und trug es selbst hinein. Ich hatte keine Lust, den Männern Getränke zu servieren.

Ich trottete Özlem hinterher und setzte mich zu ihr. Sie schenkte mir auch von der Limonade ein.

»Sehr erfrischend«, sagte mein Vater. »Und, kannst du das auch?«

»Was?« Ich tat, als wüsste ich nicht, wovon er sprach.

Er hob das Glas in die Höhe. »So was.«

»Na, sicher. Ist doch nur Zitrone und Zucker«, sagte ich. Ich war mir sicher, dass er nur deshalb so mit mir redete, weil sein dummer Bruder dabei war.

»Ja, wenn du schon Limonade machen kannst, dann kannst du ja bald heiraten«, sagte Onkel Mehmet.

»Richtig«, sagte ich. Onkel Mehmet war der Letzte, mit dem ich irgendwelche Heiratspläne diskutieren wollte.

»Schau, Özlem hat mir zwei Enkel geboren. Dein Vater hat bald keine Haare mehr auf dem Kopf, und von Enkeln weit und breit keine Spur.«

Mein Vater lachte verlegen und schaute in sein halb geleertes Glas. Ich wünschte, er würde etwas zu seinem Bruder sagen, ihn zurechtweisen, dass ihn das nichts angehe. Aber er wurde nur verlegen. Onkel Mehmet grinste, er schien die Unbeholfenheit meines Vaters zu genießen. Onkel Mehmet hatte Narrenfreiheit. Mein Vater, Özlem, Fevzi, Großmutter und die Kinder sowieso, alle mussten sie ihn ertragen, er hatte die Autorität.

»Heirate doch endlich, damit dein Vater auch Großvater wird«, sagte Onkel Mehmet. »Oder findest du keinen in Deutschland? Wenn du dort keinen findest, suchen wir dir einen aus dem Dorf.« Onkel Mehmet lachte laut über seinen Witz. Er lehnte sich zurück in die Kissen, zog ein Bein an und stützte seinen Arm mit dem Limonadenglas darauf ab. Mein Vater verzog das Gesicht zu einem Grinsen, wenigstens lachte er nicht laut mit seinem Bruder. »Auf die Männer hier im Dorf verzichte ich gern«, sagte ich.

»Sind wir dir nicht gut genug?«, fragte er und grinste mich an.

»Vater, lass Zeynep in Frieden«, mischte sich Özlem ein und legte mir die Hand auf den Arm. Mit der anderen schob sie mir das Tablett mit dem leeren Krug zu. Ich nahm es hoch und ging wütend hinaus. Er wollte mich provozieren, und das war ihm gelungen. Aber ich war froh, das Özlem da gewesen war, mein Vater hatte mir kein bisschen beigestanden.

An diesem Tag sprach ich nicht mehr von der Kamera. Ich konnte gut darauf verzichten, mit Onkel Mehmet als Aufsichtsperson von Geschäft zu Geschäft zu gehen und mir am Ende ein Gerät zu kaufen, das er ausgesucht hatte. Es war mir zuwider, Tag für Tag von der Gunst meines Onkels abhängig zu sein, er entschied, wann man das Auto leihen konnte, er entschied, wann man in die Stadt fahren konnte, er entschied, ob die Kamera noch ein paar Tage warten konnte oder nicht. Onkel Mehmet legte die Spielregeln fest, und die Familie folgte ihnen. Ich musste an Stefan denken. Auch wenn wir nicht in der Redaktion waren, hatte er sich so benommen, als wäre er mein Chef. Genauso wie Onkel Mehmet wollte er immer derjenige sein, der bestimmte. Ständig fielen ihm Dinge an mir auf, die ihm nicht passten, die ich anders machen sollte. Stefan wäre lieber mein Trainer gewesen als mein Freund.

Am Abend kam Gül bacı, um nach Großmutter zu sehen. Sie war eine große, schöne Frau mit faltigem Gesicht und trug ein langes schwarzes Kleid und weite Pluderhosen. Auf ihrem Kopf trohnte ihr *taç*, eine Kopfbedeckung, wie sie meine Großmutter früher getragen hatte. Sie war geformt wie ein kleiner, krempenloser Hut, um den mehrere Schichten Tücher gewickelt wurden. Oben auf der Kopfbedeckung war eine handgearbeitete Scheibe aus Silber befestigt. Sie lag flach auf, fein gearbeitet mit Mustern und Münzen am Rand. Früher, als Kind, hatte ich zum Spaß Großmutters *taç* aufgesetzt und war überrascht gewesen, wie schwer es war.

Gül bacı setzte sich auf den Boden, meine Mutter, Özlem, die Kinder und ich saßen um sie herum, Großmutter lag in ihrem Bett.

»Deine Tochter ist groß geworden«, sagte Gül bacı zu meiner Mutter. Ich lächelte möglichst freundlich. Gleich würde sie mich fragen, ob ich ein Gedicht aufsagen könnte.

»Hat sie noch keine Kinder, wie alt ist sie?«, fragte sie meine Mutter, als könnte ich nicht selbst sprechen.

»Sie ist Journalistin in Deutschland«, sagte Özlem. Es klang, als wollte sie damit entschuldigen, dass ich keine Kinder in die Welt gesetzt hatte. Es schien kein anderes Thema im Dorf zu geben. Heiraten, Kinderkriegen, Familie. Niemand fragte mich, was ich in Deutschland machte. Alle fragten nur, wo denn mein Mann sei.

»Warte nicht zu lange, nicht dass dich am Ende keiner mehr will«, sagte Gül bacı und lachte. »Meine Enkelinnen haben alle schon Kinder, *Allah anasız babasız bırakmasın*, Allah erhalte ihnen Mutter und Vater.«

Gül bacı war auch die Hebamme des Dorfes. Sie erzählte, dass ältere Mütter kranke Kinder bekämen, und wollte gerade ansetzen, um von einer Geburt zu erzählen, bei der die Mutter auch schon so alt war, da unterbrach Großmutter sie und sagte: »Ist schon gut, Gül bacı, wir kriegen ein Kind nach dem anderen. Und, ist das so viel besser? Ich war fünfzehn, als ich geheiratet habe. Wäre es nicht klüger gewesen, man hätte uns Zeit gelassen? Du hast acht Kinder, Gül, ich habe sechs. Özlem hat zwei, *Allah uzun ömür versin*, Allah gebe ihnen ein langes Leben, aber so schwierig ist das Kinderkriegen ja nicht. Sie wird schon noch gebären, nicht wahr, mein kluges Mädchen?«

Ich lächelte ihr zu.

»Du hast ja Recht«, sagte Gül bacı. »Ich liebe jedes Einzelne meiner Kinder, aber ich wäre auch mit ein paar weniger zufrieden gewesen, *tövbe*, der Himmel verzeihe mir. Die jungen Leute machen es richtig. Sie warten mit dem Kinderkriegen, und wenn sie welche bekommen, dann nur zwei oder drei.«

»Wir möchten auch nicht noch mehr Kinder«, sagte Özlem und strich Kerim über das lockige Haar. »Wir können es uns gar nicht leisten, noch mehr Kinder zu haben.«

»Möchten, wer redet denn von möchten? Die Kinder kamen eben. Wir haben uns damals nicht hingesetzt und überlegt, ob wir noch ein Kind bekommen sollten oder nicht.«

»Allah schenkt sie einem«, sagte ich. Alle brachen in lautes Lachen aus.

»Natürlich«, sagte Großmutter. »Wie soll das sonst gehen?« Gül bacı schlug sich lachend auf die Schenkel.

Es war nicht so, dass ich nicht ans Kinderkriegen dachte. In letzter Zeit hatte ich mich sogar einige Male dabei ertappt, wie ich mir im Schaufenster Babyschuhe oder winzige Latzhosen angesehen und sie goldig gefunden hatte. Vielleicht lag es daran, dass die meisten meiner Freundinnen inzwischen Kinder bekommen hatten oder schwanger waren. Erst vor ein paar Wochen hatte die Geburtsanzeige mit dem Foto von Luis, dem Sohn meiner Freundin Tanja, in meinem Briefkasten gelegen, und Yasmin hatte mir geschrieben, dass sie im siebten Monat war, Kerstin hatte schon ein Kind, Philipp zwei. Es war gut möglich, dass ich nur angesteckt war von den anderen. Einmal hatten Stefan und ich ein schönes Wochenende an der Ostsee verbracht und er hatte sich am Strand aufmerksam mit einem kleinen Jungen unterhalten, der mit seinen Eltern neben uns im Sand gesessen und gespielt hatte. Auf der Rückfahrt im Auto hatte Stefan noch einmal gesagt, wie niedlich er den Jungen gefunden habe. Als ich ihn daraufhin gefragt hatte, ob er sich vorstellen könne, dass wir auch ein Kind zusammen hätten, hatte er schroff geantwortet, so habe er das nicht gemeint.

»Mach dir keine Sorgen. Es ist noch nicht zu spät für dich«, sagte Gül bacı und taxierte mich. Sie wurde mir unangenehm. Was ging sie das überhaupt an? »Den deutschen Männern gefällst du doch bestimmt, mit deinen schwarzen Augen und schwarzen Haaren. Unsere Männer sind ja verrückt nach blonden Frauen.« Sie erzählte, dass sich Sevket, ein Verwandter von ihr, eine Braut geholt habe aus dem Nachbardorf. »Haare hat sie bis hier, ganz blond, grüne Augen und solche Brüste.« Gül bacı hielt sich beide Hände weit entfernt vor ihren Oberkörper und zeigte gewaltige Brüste. »Sie sieht aus wie eine Deutsche.« Sie sah mich an. »Sag mal, haben die Frauen in Deutschland wirklich so große Brüste?«

Ich musste lachen. »Nein, nicht dass ich wüsste. Sicher gibt es Frauen mit großen Brüsten, aber dass alle große Brüste hätten, würde ich nicht sagen.«

Gül bacı sagte, sie habe es einmal im Fernsehen gesehen, diese blonden Frauen hätten auch ganz helle Brustwarzen. »Man sieht sie kaum. Wie die Männer die bloß finden?«

Großmutter schien sich wunderbar zu amüsieren.

»Stell doch mal eine Untersuchung an, wenn du wieder zurück bist«, sagte sie. »Haben wir größere Brüste oder die?«

»Wahrscheinlich haben wir die größeren, damit die Milch sich für die vielen Kinder bilden kann«, sagte Özlem und lachte.

»In Europa stillen die Mütter ihre Kinder nicht, damit sie keine Hängebrüste bekommen«, sagte Gül bacı. »Erst neulich haben sie im Fernsehen darüber berichtet.«

»Gül bacı schaut den ganzen Tag fern, und danach erzählt sie uns, was in der Welt vor sich geht«, sagte Özlem.

»Schau dir doch meine Brüste an, innen sind sie leer, die Kinder haben nichts übrig gelassen«, sagte Großmutter und knöpfte das Nachthemd auf. Ihre Brüste waren ganz weiß, die Brustwarzen groß und dunkel. So sahen also die Brüste meiner fast achtzig Jahre alten Großmutter aus. »Schau, wie sie demütig die Köpfchen senken.«

Özlem lachte. »Großmutter, zieh dich wieder an«, sagte sie in gespieltem Ernst. »Was soll denn Zeynep über dich denken?«

»Was soll sie schon denken, hat sie selbst keine?«, fragte sie, streckte den Arm zu mir herüber und kniff mir in den Busen.

Später lag ich wach in meinem Bett im Zimmer meiner Eltern. Mein Vater schnarchte, meine Mutter stieß ihn an, dann schob sie ihr Kopfkissen zurecht und drehte meinem Vater den Rücken zu. Ich konnte ihr Gesicht sehen, sah aber nicht, ob sie die Augen offen oder geschlossen hatte.

»Mama, bist du noch wach?«, flüsterte ich.

»Ja.«

»Kann ich dich was fragen?«

»Natürlich, was gibt es denn?«

»Ich habe mich heute gefragt, wie es war, als ihr aus dem Dorf weggegangen seid.« Die Geschichte von ihrer Heirat, dass dann erst mein Vater und dann sie nach Deutschland gereist waren, kannte ich schon. Aber ich wollte wissen, was sie sich damals dachte, wie sie sich Deutschland vorgestellt hatte, ob es ihr schwergefallen war, von hier wegzugehen? Ob es ihr von Anfang an klar gewesen war, dass sie nie wieder zurückkommen würde? Seit wir hier waren, verglich ich das Leben meiner Mutter oft mit meinem. Sie war fünfzehn Jahre jünger gewesen als ich heute, als sie mit meinem Vater nach Deutschland ging. Und bis dahin hatte ihr Alltag vermutlich so ausgesehen wie der von Özlem: Schwiegereltern versorgen, kochen, Kühe melken, fegen, Wäsche waschen, all das. Ich war schon oft in diesem Dorf gewesen, aber nie so lange wie jetzt, und noch nie hatte ich mir klargemacht, dass dieses Dorf fast zwanzig Jahre lang das Leben meiner Eltern ausgemacht hatte, das meines Vaters zumindest.

»Wie hattest du dir Deutschland vorgestellt, wie dachtest du, dass es dort aussieht?«

»Ich hatte überhaupt keine Vorstellung. Aber es gingen immer mehr Leute weg aus dem Dorf, entweder zogen sie in die Stadt oder nach Deutschland. Meine beste Freundin hatte auch einen Mann geheiratet, der kurz nach der Hochzeit nach Deutschland ging, und sie zog ihm wenig später nach. Wir hatten fast gleichzeitig geheiratet, meine Freundin und ich. Bevor sie wegging, haben wir oft zusammengesessen und uns vorgestellt, wie es werden würde, wenn wir bei unseren Männern in Deutschland wären. Hier im Dorf erzählte man sich, die Straßen in Deutschland seien blitzblank, und alle Menschen hätten ein Auto. So ein Quatsch.«

Sie kicherte leise.

»Fragst du dich manchmal, was gewesen wäre, wenn du geblieben wärst?«

»Natürlich. Vor allem seit wir wieder hier sind, frage ich mich das die ganze Zeit: Wie würde ich heute leben, wenn ich nicht nach Deutschland gegangen wäre?« Sie schwieg, im Dunkeln konnte ich ihr Gesicht nicht sehen, ich sah nicht, ob sie die Augen offen oder geschlossen hatte. »Man kann nie wissen, ob das andere Leben, das man hätte leben können, ein besseres gewesen wäre. Möglicherweise wäre ich hier auch glücklich, vielleicht sogar glücklicher gewesen als in Deutschland. Am Anfang war mir ja alles fremd, ich kannte niemanden, ich habe nichts verstanden, ich konnte nichts lesen, und der Einzige, mit dem ich mich unterhalten konnte, war dein Vater. Ich habe meine Familie vermisst, ich war tagsüber immer allein, wenn Papa bei der Arbeit war und auch als du geboren wurdest, viel konnte ich ja nicht mit dir anfangen. Zu Hause waren immer Menschen um mich rum gewesen, die Türen standen offen, es war immer jemand da, die Geschwister, die Nachbarn, Kinder. Aber in unserer Wohnung in Deutschland, da waren immer nur du und ich.«

Ihre Stimme wurde leise, sie klang wehmütig. Sie hörte auf zu sprechen, und ich fragte nicht mehr weiter.

8

Am nächsten Morgen sah ich das Auto vor dem Haus stehen, mit dem uns Onkel Mehmet vom Flughafen abgeholt hatte. Er hatte mir nicht gesagt, dass er es heute holen würde. Ich ging hinaus, um nach ihm zu suchen. Er kam mit zwei Säcken hinter dem Haus hervor, schloss den Kofferraum auf und legte die Säcke hinein.

»Fährst du in die Stadt?«, fragte ich.

»Warum willst du das wissen?«, fragte er barsch und sah mich nicht einmal an.

»Kannst du mich nicht mitnehmen?«

Er ging wortlos weg und kam einen Moment später mit zwei weiteren Säcken zurück. Der dritte Sack passte noch in den Kofferraum, den vierten legte er auf den Rücksitz.

»Im Auto ist kein Platz mehr«, sagte er, schlug die Tür zu, setzte sich ans Steuer und ließ den Motor an. Als er vom Hof rollte, hupte er noch zweimal und winkte mir aus dem offenen Fenster zu. Ich war so perplex, dass ich einfach im Hof stehen blieb, bis das Auto verschwunden war.

»Das ist nicht zu fassen«, sagte ich laut. »Was für ein Idiot.«

»Wer?«, fragte mein Vater, der eben aus dem Haus gekommen war.

»Dein Bruder«, sagte ich wütend.

»Er hätte mich mitnehmen sollen in die Stadt, stattdessen hat er mich hier stehen lassen. Was denkt der sich eigentlich?«

»Hast du ihm nicht gesagt, dass du mitwolltest?«

Ich konnte mich nicht mehr beherrschen.

»Er hat mich absichtlich stehen lassen. Er hatte gar nicht vor, mich mitzunehmen, kapierst du das nicht?« Seine einfältigen Fragen machten mich rasend.

So würde ich nie eine Kamera bekommen. Was in Berlin eine Sache von zwei Stunden gewesen wäre, kostete mich hier viel zu viel Nerven. Onkel Mehmet scherte sich um niemanden im Haus. Özlem konnte sich gegen ihren Schwiegervater nicht durchsetzen, mein Vater war schwer von Begriff und mich nahm er überhaupt nicht ernst.

Ich ging nach oben zu Großmutter. Sie saß im Bett, das Kopftuch hatte sie in ihren Schoß gelegt, Özlem saß hinter ihr und kämmte ihr das Haar. Es war dünn und grau und nicht mehr so lang, wie ich es in Erinnerung hatte.

»Özlem!« Fevzi stand unten auf der ersten Treppenstufe und rief nach seiner Frau. Er klang wie ein Kind, das nach seiner Mutter rief.

»Ich komme«, rief sie zurück. Sie legte den Kamm beiseite und sprang vom Bett.

»Soll ich weitermachen?«, fragte ich.

»Setz dich vorsichtig, mir tut die Hüfte weh, wenn sich die Matratze bewegt. Und reiß mir die Haare nicht aus, ich habe sowieso fast keine mehr«, sagte Großmutter.

Ich kämmte ihr Haar, es reichte ihr bis zwischen die Schulterblätter. Außer Großmutter kannte ich keine alte

Frau, die langes Haar hatte. Die alten Frauen, die ich kannte, hatten meist kurzes, dauergewelltes Haar.

Großmutter bat mich, die Haare am Hinterkopf zu teilen. Ich zog einen Scheitel, sie griff nach der einen Strähne und flocht sich flink einen dünnen Zopf. Das Ende zwirbelte sie zusammen, ein Haargummi brauchte sie nicht.

»Als junges Mädchen hatte ich solches Haar«, sagte sie und hielt die Hände links und rechts von den Ohren ab. »Mit so einem Kamm, den du in der Hand hast, wäre ich nicht durchgekommen. Da wären die Zinken abgebrochen. Ich habe jedes Mal geweint, wenn meine Mutter mir die Haare gekämmt hat. Sie hat gerissen und gezogen, und mir sind die Tränen übers Gesicht gelaufen.« Sie zwirbelte auch das Ende des zweiten Zopfes zusammen und legte sich ihr weißes Kopftuch um. Dann nahm sie den Kamm, zog die losen Haare aus den Zinken und rieb sie zwischen zwei Fingern zu einem kleinen Knoten.

»Hier, wirf das weg«, sagte sie und drückte mir das Büschel in die Hand.

Sie sah mich an und fragte: »Warum trägst du dein Haar so kurz?«

»Ich finde das praktischer«, sagte ich.

Das war nicht die ganze Wahrheit. Als ich noch mit Stefan zusammen war, war mein Haar länger gewesen. Er mochte es lang und sagte, das mache mich weiblich. Nachdem wir uns getrennt hatten, ließ ich es abschneiden. Das gab mir das Gefühl, ihn mitsamt dem langen Haar losgeworden zu sein.

»Ich wollte mein Haar als Kind auch gern kurz tragen,

aber das durfte ich nicht. Bist du ein Junge, sagte meine Mutter.«

Sie streckte den Arm aus und fasste mein Haar im Nacken zusammen. »Gefällt das denn den Männern bei euch, Frauen mit kurzen Haaren?«

»So kurz sind sie doch nicht«, sagte ich. Es reichte fast bis auf die Schultern.

»Bei uns mögen das die Männer nicht, wenn wir das Haar so kurz tragen. Dein Großvater war immer dagegen.«

»Es kommt doch nicht auf die Länge der Haare an«, sagte ich.

»Nein, selbstverständlich nicht.«

Ich schaute Großmutter an und versuchte, sie mir als junge Frau vorzustellen. Das Foto, das mein Vater von seinen Eltern als junges Paar besaß, war vergilbt und zu grobkörnig, als dass man hätte sehen können, ob sie damals schön gewesen war.

»Was schaust du mich so an? Du denkst, ich bin alt und verstehe nichts von Männern.« Sie lachte mich an. »Glaub mir, wir Frauen im Dorf sind nicht so doof, wie ihr Städterinnen immer denkt.«

»Ach, nein?«

»Nein. Von uns könnt ihr viel lernen.«

»Was denn? Liebe im Heu?«, sagte ich.

»Zum Beispiel. Liebe im Heu.« Sie lachte.

Ich lachte auch. Offenbar war ihr wichtig, dass ich sie nicht für eine Bauersfrau hielt, die keine Ahnung von Sex und Leidenschaft hatte. Sie lächelte mich an, und ich wartete darauf, dass sie weitersprach.

»Ja, und? Nun erzähl schon«, drängte ich sie. »Wie habt

ihr das denn gemacht? Ich meine, konnte man sich davonstehlen, ohne dass es jemand merkte?«

So eine persönliche Frage hatte ich bisher noch nicht einmal meiner Mutter gestellt.

»Natürlich«, sagte Großmutter. »Meinst du, die jungen Leute warten artig auf ihren Hochzeitstag?«

Ich konnte mir kaum vorstellen, wie sich im Dorf ein Liebespaar heimlich treffen konnte, ohne dass es jemand merkte.

»Ich weiß nicht, was die jungen Leute heute machen. Aber als ich ein junges Mädchen war, war das jedenfalls so. Wir hatten bestimmt nicht so viele Freiheiten wie ihr in Deutschland, aber wir haben schon Mittel und Wege gefunden.«

»Das ist doch nicht dein Ernst, Großmutter. Ein Mädchen im Dorf würde doch nie einen Ehemann kriegen, wenn sie in der Hochzeitsnacht nicht mehr Jungfrau ist.«

»Das denkst du.«

»Was?«

Diese Gespräche wären großartiges Material für meinen Film gewesen. So hatte ich mir das vorgestellt, ich filmte und Großmutter erzählte ganz frei. Aber Onkel Mehmet hatte alles verdorben.

»Das hättest du von deiner Großmutter nicht gedacht, nicht wahr.« Sie klang amüsiert.

»Nein, wirklich nicht. Vor allem hätte ich nicht gedacht, dass wir uns einmal über so etwas unterhalten würden. Also über Männer und Sex.«

»Du bist so einfältig, mein Mädchen. Denkst du, ich weiß nichts über Männer und Sex, nur weil ich im Dorf lebe?«

Sie hatte das Dorf nie verlassen. Sie konnte weder schreiben noch lesen. Sie war nie auf der Schule gewesen, hatte in ihrem Leben nie etwas anderes gesehen und kennen gelernt als dieses kleine Dorf.

»Nein, das denke ich natürlich nicht«, sagte ich. »Ich hatte nur gedacht, dass das Leben hier traditioneller ist. Ich meine, dass man hier mit niemandem schläft, bevor man verheiratet ist.«

»Da hast du dich getäuscht, mein Mädchen.«

Ich hatte noch immer das Büschel Haare zwischen den Fingern. Özlem kam herein und brachte Tee. Ihr Kopftuch war herabgeglitten, sie trug es als Tuch um den Hals.

»Ich frage mich, wie Fevzi überleben soll, wenn ich mich nicht um ihn kümmere. Du hast ihn sehr gut erzogen, Mutter. Er findet in seiner eigenen Küche den Salzstreuer nicht.«

Fevzi hatte sie hinuntergerufen, weil er sein Mittagessen zu fad gewürzt fand.

»Das kannst du ihm ja beibringen«, sagte Großmutter. Wir rührten schweigend in unseren Teegläsern.

Özlem hatte unser Gespräch unterbrochen. Ich hoffte, dass sie wieder nach unten gehen würde. Ich hätte gern gewusst, wie sie meinen Großvater in der Hochzeitsnacht überlistet hatte.

»Zeynep denkt, wir Frauen im Dorf wissen nichts über Sex«, sagte Großmutter. »Sie hält uns für dumm. Wahrscheinlich hat ihr das ihre Mutter eingetrichtert. Die hatte ja immer was gegen das Dorf. Dass sie auch eine ist von hier, vergisst sie.«

Großmutter war von einem Moment auf den anderen ungehalten geworden. Jetzt würde sie wie üblich über meine Mutter schimpfen, und ich würde nie erfahren, was in ihrer Hochzeitsnacht passiert war.

»Sie hat es nicht vergessen. Ich kann Fatma gut verstehen. Wenn wir die Möglichkeit hätten, in der Stadt zu leben, würden wir es doch auch tun«, sagte Özlem. »Ich jedenfalls würde gehen.«

»Du würdest gehen. Das musst du mir nicht sagen, das weiß ich schon lange.«

»Großmutter, was soll das? Wenn dich Großvater damals gefragt hätte, ob du mit ihm nach Deutschland gehen würdest, was hättest du ihm geantwortet?« Ich saß wortlos zwischen den beiden.

»Ich weiß es nicht. Aber ganz gewiss hätte ich nicht sofort begeistert meine Koffer gepackt.«

»Du kennst nur das Leben hier, wie kannst du wissen, dass es dir woanders nicht besser gefallen würde?«

»Woran fehlt es uns denn? Ich habe alles, was ich brauche. Ein Haus, eine Familie. Was fehlt uns noch?« Großmutter wurde richtig zornig, ihre Stimme überschlug sich. Unsere stille Vertrautheit war verflogen, sie benahm sich wie ein biestiges altes Weib.

»Dir traue ich alles zu, es zerfrisst dich, dass du nicht in der Stadt wohnst wie deine Schwester. Lange musst du nicht mehr warten, am Tag meiner Beerdigung könnt ihr eure Sachen packen und verschwinden.« Sie führte sich auf, als habe ihr Özlem eröffnet, sie werde nächste Woche ausziehen. So ähnlich musste es gewesen sein, als meine Mutter damals mit meinem Vater nach Deutschland gegangen war. Ich verstand nicht, warum Großmutter sich so angegriffen fühlte.

»Wollt ihr auch was Kaltes trinken? Ich gehe runter und hole uns was.« Ich nahm das Tablett mit den leeren Teegläsern vom Boden. Ich wollte mich nicht einmischen, aber ich wollte auch nicht stumm dabeisitzen, wenn Özlem und Großmutter sich stritten. Özlem stand ebenfalls auf, sie trug die Kanne.

Wir gingen rasch aus dem Zimmer. Auf dem Treppenabsatz blieb Özlem stehen und sagte leise: »Du musst dich von deiner Großmutter nicht einschüchtern lassen. Diesen Streit haben wir schon hundertmal geführt.«

Ich antwortete ihr nicht und ging in die Küche. Auf dem Boden stand ein Tablett mit nur zur Hälfte leer gegessenen Tellern.

»Schau, die Fleischstücke hat er sich herausgepickt, die Kichererbsen mag er nicht. Und wenn ich das Tablett nicht wegräume, bleibt es bis morgen hier liegen. Am liebsten würde ich ihm das Tablett vor die Füße werfen.«

Fevzi war nicht verantwortlich für sein Geschirr. Özlem kochte für ihn, und sie kam von oben herunter, um ihm Salz über den Reis zu streuen. Sie würde wegräumen, was er liegen ließ. Özlem fluchte leise und kippte alles in den Mülleimer.

Später am Abend, Großmutter war schon eingeschlafen, wusch ich mit Özlem zusammen das Geschirr ab. Es war ein bisschen wie zu Hause, wenn ich meiner Mutter in der Küche half. Niemand störte uns, wir hingen beide unseren

Gedanken nach. Özlem trocknete sich die Hände an ihrer Schürze ab, stellte sich unter das offene Küchenfenster und zündete sich eine Zigarette an.

»Du rauchst?«, fragte ich überrascht.

»Hin und wieder nehme ich mir eine aus Fevzis Schachtel, wenn mir alles zu viel wird, so wie heute.«

»Merkt Fevzi nicht, dass dann welche fehlen?«

»Fevzi weiß doch, dass ich rauche«, sagte sie. »Ich rauche nicht vor den Kindern und nicht vor meinem Schwiegervater. Das fände ich ein bisschen zu keck. Und du? Rauchst du nicht?«

»Nein«, sagte ich. Ich hatte noch nie geraucht und würde es auch nie anfangen.

»Ist auch viel gesünder«, sagte Özlem. Sie lehnte sich mit dem Rücken gegen die Wand und starrte auf den Boden. Ich musste an den Streit von vorhin denken.

»Özlem?«

»Was denn?« Sie hängte ihre Schürze an einen langen Nagel in der Wand.

»Werdet ihr in die Stadt ziehen, wenn Großmutter gestorben ist?« Sie zögerte einen Moment, sah mich an und sagte: »Natürlich. Jeder will in die Stadt ziehen. Was gibt es in diesem Dorf außer Feldarbeit und Pistazien?«

Großmutter war die Letzte, die sie noch an diesem Dorf hielt. Vielleicht würde auch Onkel Mehmet von hier fortgehen. Dann gäbe es wohl auch für meine Eltern und mich keinen Grund mehr, je wieder hierher zurückzukommen. Meine Eltern schliefen schon, als ich mich ins Bett legte. Dennoch drehte ich ihnen den Rücken zu, so hatte ich das Gefühl, ganz für mich zu sein.

Özlem und Fevzi hatten also fest vor, wegzugehen aus dem Dorf. Ich mochte Özlem, mir gefiel ihre Einstellung, sie beklagte sich nicht und bemitleidete sich nicht selbst. Sie wusste, sie würde eines Tages ein Leben mit ihrem Mann und ihren Kindern führen, ohne die bettlägerige Großmutter und den Schwiegervater am Bein. Vielleicht rührte daher ihr Durchhaltevermögen. Wenn heute in Deutschland türkische Arbeiter gesucht würden, wäre Özlem eine der Ersten, die sich darum beworben hätte, da war ich mir ganz sicher. Dazu hätte sie Fevzi nicht gebraucht, der noch nicht mal einen Salzstreuer ohne sie fand. Wenn ich ihn so beobachtete, wie er mit nassen Händen darauf wartete, dass ihm Özlem oder eines der Kinder ein sauberes Handtuch brachte, musste ich an Stefan denken, der, wenn wir bei mir übernachtet hatten, morgens auch nicht mehr zu wissen schien, wie man ein Hemd bügelte. Er hatte sich auch darauf verlassen, dass ich mich darum kümmern würde, genauso wie Fevzi. In den letzen Tagen hatte ich oft an Stefan gedacht und mich im Nachhinein über ihn, aber noch mehr über mich selbst geärgert, darüber, dass ich geduldig an seiner Seite ausgeharrt und immer weiter gehofft hatte, dass alles besser werde und er mich einmal so lieben würde, wie ich es mir wünschte. Offenbar musste ich erst in ein entlegenes Dorf in Südostanatolien fahren, um zu begreifen, dass Stefan und ich nie ein glückliches Paar geworden wären.

9

Am nächsten Morgen lag Großmutter auf einer Liege im Schatten vor dem Haus. Die Männer waren schon fort. Nie sah ich sie aus dem Haus gehen, immer waren sie schon fort, wenn ich aufstand, manchmal kamen sie wieder und aßen zu Mittag, manchmal kamen sie erst am späten Nachmittag, schmutzig, verschwitzt und immer mit einer Tüte Einkäufe in der Hand.

Die Nachbarinnen aus dem Nebenhaus saßen bei Großmutter im Hof, es musste sich herumgesprochen haben, dass es ihr ein wenig besser ging.

»*Nene*, Omi«, rief ich und ging die drei Stufen hinunter zu ihr. Auf einem Tischchen neben ihr standen in einem großen runden Tablett Teller und Schüsselchen mit Käse, Eiern, Joghurt, Tomaten und Gurken, Brot und Honig. Sie hatte allerdings kaum etwas davon angerührt.

»Komm, mein Mädchen, iss mit deiner Großmutter«, sagte sie, als ich mich zu ihr setzte. Ich brach ihr ein Stück Weißbrot ab und reichte ihr ein Schüsselchen Joghurt.

»Das ist sie also, deine Tochter«, sagte Ilknur, eine der Nachbarinnen, zu meiner Mutter.

Die Frage nach Ehemann und Kindern hatten sie wohl schon geklärt, bevor ich gekommen war, denn niemand fragte mich danach.

Ilknur und die anderen Nachbarinnen interessierten sich

für meine Mutter, nicht für mich. Ich saß dabei und hörte zu, was meine Mutter über Deutschland erzählte.

»Du gehst also nicht mehr in die Fabrik?«, fragte Ilknur. »Bist du schon in Rente?«

»Nein, in Rente komme ich erst in zehn Jahren«, sagte meine Mutter.

Ilknur war erstaunt. »In zehn Jahren erst. Hier in der Türkei wärst du längst in Rente.«

»Ich weiß«, sagte meine Mutter.

»Und Ali, wie lange muss der noch arbeiten?«, fragte Necla, die andere Nachbarin.

»Männer müssen arbeiten, bis sie fünfundsechzig Jahre alt sind«, antwortete meine Mutter. »Aber wir haben uns ja selbstständig gemacht. Da werden wir arbeiten, bis wir nicht mehr können.«

»Genauso wie wir hier«, sagte Ilknur. »Im Dorf gibt es auch keine Rente. Wenn die Pistazien etwas werden, das Vieh gut Milch gibt und die Kinder sich um dich kümmern – das ist unsere Rente.«

»Gibt es in Deutschland keine Rente für die, die selbstständig arbeiten?«, fragte Necla.

»Jeder muss in eine Rentenkasse einzahlen, aber wenn du nicht viel einzahlst, bekommst du auch nicht viel heraus.«

»So ist das also«, sagte Necla. »Mein Bruder in Köln ist schon in Rente. Er kommt jedes Jahr ins Dorf und bleibt ein oder zwei Monate. Wir sagen, er soll zurückkommen. Er könnte hier mit seiner Rente aus Deutschland ein viel besseres Leben führen. Aber das will er nicht.«

»Das geht auch nicht so einfach«, sagte meine Mutter.

»Warum denn nicht? Fast vierzig Jahre hat er in der Fabrik in Deutschland gearbeitet. Da kann er sich doch jetzt in seiner alten Heimat niederlassen. Hat er nicht genug gelitten in der Fremde?«

»Offenbar nicht, sonst wäre er ja schon längst wiedergekommen.« Meine Mutter konnte sehr zynisch werden, dieses Gerede, wie sie es nannte, vom Heimweh, von der ewigen Sehnsucht nach der heilen Welt im Dorf, dieses Klagen über das beschwerliche Leben in der kalten Fremde konnte sie nicht ausstehen.

»Mein Bruder hat viel gelitten in Deutschland. Er hat viele Jahre auf Baustellen gearbeitet. Von morgens bis abends Steine geschleppt, das ist keine leichte Arbeit. Und später hat er in dieser Metallfabrik angefangen, in der sie schwere Metallteile heben mussten. Da hat er sich seinen Rücken kaputt gehoben«, sagte Necla.

»Aber dafür kriegt er doch jetzt vom deutschen Staat Geld, oder nicht?«, fragte Ilknur.

»Sie können ihr verdammtes Geld behalten, seinen kaputten Rücken werden sie damit auch nicht heilen können«, sagte Necla. »Seine Jugend haben sie ihm genommen, gearbeitet hat er Tag und Nacht. Jetzt ist er ein Krüppel.« Niemand sagte etwas. Ich hatte solche Geschichten schon hundertmal gehört.

»Die schwere Arbeit mussten die machen, die von hier nach Deutschland gegangen sind, die aus den Dörfern, die ohne Schulbildung. Unsere Leute haben sich kaputt geschunden in den Fabriken der Deutschen«, sagte sie.

»Sie hätten es ja auch bleiben lassen können«, sagte meine Mutter. »Die Menschen hier aus dem Dorf schinden sich auch kaputt. Cuma, der Älteste meiner Schwester Hacer, hat ein steifes Bein. Auf dem Feld ist das Pferd durchgegangen, er ist gestürzt, und die Ärzte haben das Bein so schlecht verarztet, dass er humpeln muss. Cuma ist noch nicht einmal vierzig.«

»Fatma, Cuma hatte einen Unfall, er hat sich nicht am Fließband kaputt geschunden«, mischte sich Großmutter ein.

Das genügte, um meine Mutter für einen Moment zum Verstummen zu bringen. Sie sah ein, dass ihr Beispiel nicht besonders überzeugend war.

»Denkt ihr denn gar nicht daran, einmal zurückzukommen?«, fragte Ilknur dann. Großmutter kannte Mutters Antworten so gut wie ich, sie hatte sie sich immer wieder am Telefon anhören müssen. Sie rührte ruhig weiter in ihrem Tee, ich wunderte mich über ihre Gelassenheit, aber vielleicht ließ sich Großmutter nur nicht anmerken, dass sie verärgert war.

»Ich bin vor mehr als dreißig Jahren weg aus diesem Dorf. Ich lebe nun schon länger in Deutschland, als ich hier gelebt habe. Ins Dorf zurück, das käme für mich niemals in Frage. Vielleicht mal ein Haus am Meer, ich sage nicht, dass ich nicht ab und zu daran denke, mich in der Türkei niederzulassen. Aber ich denke dabei nicht an das Dorf. Ein Leben hier, das kann ich mir überhaupt nicht vorstellen. Diese Rückständigkeit und die archaischen Regeln, das würde ich nicht aushalten.«

»Für dich ist unser Leben vielleicht rückständig. Aber wir können nicht alle weglaufen, weil uns die Arbeit auf den Feldern und mit dem Vieh zu beschwerlich ist. Es gibt

Dinge, die verbinden einen Menschen mit dem Ort, an dem er geboren ist. Man lässt seine Toten nicht einfach zurück«, sagte Großmutter langsam und leise und besonders die letzten Worte mit so viel Bedacht, dass alle schwiegen, als sie fertig war.

»Zeynep denkt bestimmt auch nicht daran, einmal hierher zurückzukehren«, sagte Ilknur nach einer Weile.

Ich sagte nichts und hielt mein Gesicht in die Sonne.

»Was soll denn Zeynep hier tun? Einen Bauern heiraten und Schafe hüten?«, fragte Necla. »Ihre Mutter hat sich davongemacht, da wird die Tochter erst recht nichts mit dem Dorf zu tun haben wollen. Unser Leben hier ist nicht so angenehm wie das der Stadtfrauen.«

Natürlich dachte ich nicht daran, ins Dorf zurückzukehren. Was hieß denn überhaupt zurückkehren? Man kehrte dahin zurück, wo man herkam. Aber von hier kam ich nicht. Ich kam aus Berlin, meinetwegen auch aus der schwäbischen Provinz. Meine Eltern waren aus diesem Dorf, aber selbst meiner Mutter wäre es lieber, sie wäre es nicht.

»Sag doch, wirst du einmal zurückkommen?« Großmutter stieß mich mit den Fingern an, ich lächelte sie vorsichtig an.

»Nein, wohin soll ich denn zurückkommen?«, fragte ich.

»Sag ich's doch, wer mal aus dem Dorf fortgeht, kommt nicht wieder zurück«, sagte Necla. »Mein Bruder doch auch nicht. Deutschland hat sie alle fest im Griff.«

Einen Moment lang fühlte ich mich schlecht. Ich ahnte,

dass Necla und Ilknur das Leben als Bäuerin genauso satt hatten wie Özlem. Sie würde mit Fevzi und den Kindern in die Stadt ziehen, und wir würden zurück nach Deutschland fliegen, sobald Großmutter beerdigt war. Wie lange Necla und Ilknur noch Kühe melken und Pistazien ernten müssten, wusste niemand.

Am Nachmittag kam Onkel Mehmet nach Hause. Er war es gewohnt, dass ihm eines der Kinder oder Özlem entgegenkam, ihm die Jacke abnahm, die Wassermelone, die er mitgebracht hatte, in die Küche trug, seine Schuhe in Reih und Glied stellte, nachdem er sie abgestreift hatte, und ihm ein Glas Wasser reichte. Ich war die Einzige, die Onkel Mehmet ins Haus kommen sah. Einen Moment überlegte ich, ob ich ihm entgegengehen sollte. Ich blieb sitzen. Als er ins Haus trat, ging ich in die Küche und tat, als sei ich beschäftigt.

»Özlem«, rief er.

»Ich bin es. Özlem ist im Garten. Soll ich sie holen?«

»Bring mir was zu trinken. Ich habe Durst.« Er musste nicht bitten, er befahl und alle gehorchten.

»Gibt es kein kaltes Wasser?«, fragte er, als ich ihm das Glas gereicht und er drei, vier Schlucke genommen hatte.

Ich stand ihm gegenüber, er gab mir das halb leere Glas zurück. Er schien gar nicht zu merken, dass ich nicht Özlem war.

»Mach mir ein bisschen Eis rein.«

Ich ging zurück in die Küche und nahm eine Schüssel Eis aus der Tiefkühltruhe. Ich schlug es kräftig gegen den Rand des Spülbeckens, so wie ich es bei Özlem gesehen hatte, aber das Eis löste sich nicht aus der Schüssel. Ich nahm ein spitzes Messer und versuchte, die Klinge zwischen Eisblock und Schüssel zu schieben, die Klinge bog sich, aber das Eis saß fest. Ich ließ warmes Wasser über die Schüssel laufen, das Schmelzwasser füllte ich in ein Glas und füllte den Rest mit kaltem Wasser aus dem Kühlschrank auf. Besser ging es nicht, Onkel Mehmet musste das trinken oder eben nichts.

»Zeynep, weißt du nicht, was kaltes Wasser ist?«, fragte er. »Wo ist Özlem?«

»Im Garten.«

Er seufzte, schaute zum Fenster und stand schließlich auf. Er ging in die Küche, nahm die Schüssel, die noch im Spülbecken lag, schlug sie an den Rand des Beckens, und das Eis löste sich in einem Stück aus der Schüssel.

»Habt ihr in Deutschland kein Eis?« Er ließ das Eis in einen kleinen Messingeimer fallen, füllte ihn mit kaltem Wasser auf und stellte ihn in den Kühlschrank.

»Nicht einmal einen Eimer kaltes Wasser kriegt sie hin«, murmelte er.

Dann fragte er mich, wie ich es schaffte, in Berlin nicht zu verhungern und zu verdursten.

Am liebsten hätte ich ihn gefragt, wie er es denn schaffe, nicht zu verhungern und zu verdursten. Wie viele Tage er für sich selbst sorgen könne, wenn Özlem nicht für ihn kochen, waschen und putzen würde? Wenn sie seine verschwitzten Socken nicht in den Wäschekorb werfen, ihm das Obst nicht gewaschen und in mundgerechte Happen geschnitten servieren würde? Ich verkniff mir den Kommentar und sah ihm nur wütend nach, wie er aus der Küche ging. Als er im Türrahmen stand, drehte er sich noch einmal nach mir um.

»Was stehst du da so rum?«

»Was willst du eigentlich von mir?«, fuhr ich ihn an.

Er kam einen Schritt näher, legte den Kopf fragend zur Seite und tat, als hätte er mich nicht verstanden.

»Wie bitte?« Er kam noch einen Schritt näher.

Ich wich zurück.

»Hast du Angst vor mir?«, fragte er und lachte. »Ich tue dir nichts, schau«, sagte er und hob beide Hände in die Luft. Er drehte die Hände neben seinen Ohren hin und her und lachte wieder. Jetzt ist er völlig durchgedreht, dachte ich.

»Ich habe keine Angst vor dir«, sagte ich, meine Stimme klang leise und zögerlich.

Er sah mich verächtlich an. »Seht ihn euch an, da steht er, Ali und Fatmas deutscher Wonneproppen. Du bist genauso ein Angsthase wie dein Vater. Es hätte mich auch sehr gewundert, wenn ein Feigling wie er respektablen Nachwuchs zustande gekriegt hätte«, sagte er langsam, drehte sich um und ließ mich in der Küche stehen. Mein Vater war kein Angsthase, er musste nur nicht dauernd den harten Kerl markieren.

Ich drängte nicht mehr darauf, in die Stadt zu fahren, und Onkel Mehmet fragte nicht, was aus der Kamera geworden sei. Dann aber wollte Özlem wissen, wann ich denn mit meinem Film anfangen würde.

»Ach, ich muss mal sehen, wie wir das machen.«

Sie sah mich erstaunt an. »Was musst du denn da sehen?

Ich denke, du brauchst die Kamera für deine Arbeit? Du wolltest doch unbedingt Großmutter filmen?«

»Ja.« Mehr fiel mir nicht dazu ein. Özlems Drängen machte mir ein schlechtes Gewissen.

»Nur weil es jetzt nicht sofort geklappt hat, lässt du es bleiben?« Özlem hatte sofort begriffen, warum ich die Kamera nicht mehr erwähnt hatte. »So schnell gibst du auf?«

Ich fühlte mich wie ein Kind, das ohne Hausaufgaben in die Schule gekommen war. Ich schaute zum Fenster hinaus und beobachtete die Kuh, wie sie gemächlich ihre Maisblätter fraß. Es war mir unangenehm, dass ich mich nicht weiter darum bemüht hatte, eine Kamera zu besorgen.

»Und du willst mir den Rücken stärken, gegen deinen Onkel und gegen Fevzi, du willst mir erklären, wie ich ihnen meine Meinung sagen soll. Und selbst?«

Özlem war sauer.

»Du musst noch viel lernen, um dich durchsetzen zu können. Wenn du schon nach zwei, drei Versuchen aufgibst, zertreten sie dich unter ihren Schuhsohlen wie einen Käfer.« Özlem nahm den halb vollen Mülleimer, einen leeren Kanister Ölivenöl und ging mit festen Schritten hinaus in den Garten. Ich ging ihr nicht nach. Sie hatte vollkommen Recht, ich hätte mich stärker zur Wehr setzen können. Ich hatte nicht ihren Mut, und ich ließ mich schon durch ein bisschen Widerstand von meinen Plänen abbringen. Vielleicht hätten Özlem und ich sogar allein, ohne männliche Begleitung in die Stadt fahren können, wenn ich mich besser durchgesetzt hätte. Ich hatte mich von Onkel Mehmet einschüchtern lassen und gehofft, dass mich mein

Papi unterstützte. Aber seit wir hier waren, schien der sich mehr und mehr den Launen seines Bruders zu fügen.

Mir fiel auf, dass Großmutter meine Nähe suchte. Ich musste manchmal an meinen Besuch vor acht Jahren denken. Wir hatten ratlos und schweigend beieinandergesessen. Jetzt wollte sie, dass ich mit ihr aß, ich sollte ihr ein Glas Wasser aus der Küche holen, nicht Özlem, ich sollte ihr Gesellschaft leisten, wenn sie wach war. Ich war gern in ihrer Nähe, aber ihre Anhänglichkeit machte mir Angst. Vielleicht dachte sie, sie würde mich nicht wiedersehen, wenn ich erst mal mit meinen Eltern zurück nach Hause gefahren war. Sie nahm mich immer wieder in den Arm, tätschelte meine Hand oder bat mich, ihr den Nacken zu massieren.

»Sie mag dich«, hatte Özlem vor kurzem zu mir gesagt. »Mich schickt sie weg und fragt nach dir. Du wirst ihr fehlen.«

Eines Morgens stand Döndü auf unserem Hof. Ich hätte sie nicht erkannt, wenn ich ihr zufällig auf der Straße begegnet wäre. Aber wie sie so an der Mauer lehnte, wusste ich sofort, wer sie war. Sie sah aus wie eine alte Frau, dabei war sie sicher noch nicht einmal fünfzig. Döndü war die Witwe meines toten Onkel Yusuf. Zuletzt hatte ich sie im ehemaligen Haus meiner Großeltern gesehen, als die Frauen damals um den Toten weinten.

»Fatma ist gekommen, nicht wahr?«, fragte sie. Ich blieb im Haus, konnte ihre Stimme aber durch die geöffneten Fenster hören.

»Was willst du?«, fragte Özlem. »Geh nach Hause. Fatma ist gekommen, um ihre kranke Schwiegermutter zu sehen, nicht deinetwegen.«

»Sag ihr, ich muss mit ihr sprechen.«

»Geh fort, bevor ich Fevzi hole«, sagte Özlem, kam ins Haus zurück und schloss die Tür. Das war das erste Mal, dass jemand die Haustür bei Tage schloss. Der Gang, in dem wir unsere Schuhe auszogen, bevor wir in die Wohnräume traten, sah plötzlich fremd aus, wie er so im Dunkeln lag.

Fast alles, was ich über Döndü wusste, hatte ich von meiner Mutter oder Großmutter erfahren, und das waren verworrene Geschichten. Großmutter sagte, Döndü sei verrückt, und auch meine Mutter sprach schlecht über sie. Sie hatte zwei Kinder, einen Jungen und ein Mädchen, und lebte im alten Haus meiner Großeltern, weiter oben im Dorf. Seit meine Großeltern in ihrem neuen Haus lebten, mieden sie ihre Schwiegertochter. Sie sei eine Diebin und habe für ihre Verwandten alles Mögliche aus dem Haus meiner Großeltern gestohlen und verkauft. Sie habe sich an Onkel Mehmet herangemacht. Sie habe ihre Kinder gegen die Familie ihres Mannes aufgehetzt. Sie sei bösartig, sie habe Großvater vergiften wollen. Die ganze Familie war gegen sie. Früher, als sie noch zusammenwohnten, schimpfte Großmutter jedes Mal über sie, wenn sie uns in Deutschland anrief. Einmal hatte sie sich beklagt, Döndü habe zwei Messingeimer verscherbelt. Die Eimer tauchten später wieder auf, aber das vergaß Großmutter zu erwähnen. Ich hatte immer versucht, mich aus diesen Streitigkeiten herauszuhalten, zumal nie richtig klar wurde, ob das, was uns Großmutter über Döndü erzählte, stimmte oder nicht. Als sich mein Vater ein einziges Mal zu dem Streit äußerte, sagte er nur, seine Mutter sei schon alt und werde manchmal ungerecht. Dabei habe ausgerechnet Döndü wirklich nichts mit Yusufs Tod zu tun. Ich hatte nicht verstanden, was er mit »ausgerechnet Döndü« meinte. Das hatte so geklungen, als wären alle anderen darin verwickelt.

Später hörte ich, wie Özlem und Fevzi in der Küche tuschelten.

»Dass sie hier war, brauchst du Großmutter nicht zu sagen. Sie wird sich nur wieder aufregen«, sagte Fevzi.

»Sie sind den ganzen Weg aus Deutschland gekommen, um sich um die kranke Frau zu kümmern«, sagte Özlem. »Sollen sie sich jetzt auch noch das Geschwätz von Döndü anhören?«

Als ich in die Küche kam, stand Fevzi auf und ging hinaus, und Özlem begann, die Sitzkissen, die verstreut auf dem Boden herumlagen, neben dem Kühlschrank aufeinanderzustapeln. Ich sagte nichts, Özlem schwieg ebenfalls. Dann ging sie auch aus der Küche. Ich holte ein paar Feigen aus dem Kühlschrank und nahm sie mit hinauf zu Großmutter.

Sie lag etwas aufgerichtet in ihrem Bett, große Kissen im Rücken, vor sich ein Bündel bestickter und gehäkelter Decken. Sie hatte nicht mehr viel Kraft und war schnell erschöpft, aber immer, wenn wir sagten, sie müsse sich schonen, widersprach sie.

»Schau mal«, sagte sie und streckte mir ein rundes Deckchen mit Lochstickerei entgegen.

»Ist das deine Aussteuer, Großmutter?«

Sie schüttelte den Kopf. »Mein dummes Mädchen, welche Achtzigjährige hat denn noch ein Bündel mit ihrer Aussteuer? Nimm, das muss eine deiner Cousinen gemacht haben.«

Ich nahm das runde Deckchen in die Hand. »Das ist sehr hübsch. Hast du es nie benutzt?«

»Ach, ich habe so viele davon, ich muss es wohl vergessen haben«, sagte sie. »Hier, das ist ein Set, da gehören diese große Decke und noch diese zwei kleinen dazu.« Sie legte die größere Decke auf ihr Bett, links und rechts davon breitete sie die beiden kleinen Deckchen aus.

»In die Mitte kannst du eine schöne Vase stellen«, sagte sie leise. Das viele Sprechen strengte sie hörbar an. Ich betrachtete Großmutter, während sie sich in Gedanken ausmalte, wie sie ihr eigenes Haus mit den Deckchen aus dem Bündel schmücken würde.

»Warum behältst du sie nicht? Wir könnten sie unten im Wohnzimmer auf ein Tischchen legen«, sagte ich.

»Wir haben doch gar kein Tischchen.«

Sie zog aus dem Stapel zwei pfirsichfarbene Handtücher, die am Rand mit gelben Rosen bestickt waren und lange Fransen hatten. »Nimm, ich schenke sie dir.« Großmutter faltete die Handtücher zusammen und reichte sie mir. Ich entdeckte ein weißes Schildchen, auf dem »Made in China« stand.

»Das ist ja gekauft«, rief ich.

»Ja, sicher sind die Handtücher gekauft. Meinst du, die

habe ich selbst gewoben?« Sie warf mir einen verwunderten Blick zu. »Die Stickereien sind selbst gemacht und die Fransen.«

Ich überlegte, was ich mit pfirsichfarbenen Handtüchern anfangen sollte, meine Handtücher zu Hause waren alle weiß. Großmutter bemerkte mein Zögern.

»Gib sie wieder her, wenn du nicht willst«. Sie nahm sie mir aus der Hand, bevor ich protestieren konnte.

»Weißt du, ich habe schon so viele Handtücher zu Hause«, sagte ich.

»Hast du denn keine Aussteuer? Da kannst du sie dazulegen und irgendwann benutzen. Die sind nagelneu.« Großmutter strich die Handtücher glatt und schaute, was sie noch in ihrem Bündel finden konnte. »Hat man das schon gehört, ›ich habe schon so viele Handtücher‹. Ich werde sie den anderen Mädchen geben.«

»Lass mal sehen, was du sonst noch hast«, sagte ich und rückte näher zu ihr heran.

»Hier, eine Tischdecke, für zwölf Personen. Da habe ich mal einen ganzen Winter dran gehäkelt.«

»Hattet ihr früher einen Tisch?«, fragte ich.

»Nein, aber irgendeines unserer Mädchen wird ja sicher mal einen Tisch haben, und da kann es dann die Decke seiner Großmutter drüberbreiten.«

Plötzlich wurde mir klar, was sie hier eigentlich tat. Sie verteilte ihr Hab und Gut an ihre Nachkommen. Sie wollte Ordnung schaffen, bevor sie starb. Und ich lehnte die pfirsichfarbenen Handtücher ab, weil sie nicht in die Ästhetik meines vier Quadratmeter großen Badezimmers passten.

»Die Decke ist sehr schön. Die würde mir gefallen«,

106

sagte ich, breitete sie aus und hielt sie gegen das Licht. Sie bestand aus lauter kleinen, aneinandergereihten Rosenblüten. Ich hatte zwar keinen Tisch, an dem zwölf Personen sitzen konnten, aber vielleicht konnte ich die Decke am Tag über meinem Bett ausbreiten.

»Ich hätte nicht gedacht, dass dir so etwas gefällt«, sagte sie. »Hier, *güle güle kullan*, benutze sie mit Freude.« Ich wollte sie umarmen, aber sie stöhnte, als ich sie an mich drückte. Sofort ließ ich sie vorsichtig in ihre Kissen sinken.

Über den Deckchen und Handtüchern hatte ich die Feigen vergessen, die ich von unten mitgebracht hatte. Ich wusste, dass meine Großmutter genauso gern Feigen aß wie meine Mutter. Ich zog den Teller zu mir heran, brach den Stiel der hellgrünen Früchte ab und teilte sie. Eine Hälfte gab ich Großmutter, die andere aß ich selbst.

»Jetzt habe ich ganz klebrige Hände«, sagte sie und hielt die Hand in die Höhe. »Hast du keinen Lappen mitgebracht? Lauf und hol einen aus der Küche.«

Ich lief die Treppe hinab und geradewegs meiner Mutter in die Arme, die mit Fevzi unten an der Treppe stand. Sie flüsterten miteinander. Fevzi deutete mit dem Kopf zu mir.

Meine Mutter wandte sich um. »Ich wollte gerade zu euch hochkommen. Was macht ihr denn?«

»Nichts, Großmutter hat ihre ganze Aussteuer ausgebreitet und verschenkt die Sachen.«

Sie stieg die Treppen hinauf zu Großmutters Zimmer.

Als ich mit dem feuchten Lappen wiederkam, fragte meine Mutter, warum ich keinen Teller für die Schalen der Feigen mitgebracht hätte.

»Und die soll sich einmal um eine ganze Familie kümmern«, sagte Großmutter und zwinkerte mir zu. Allmählich konnte ich über diese Art Witze lachen.

Kaum dass Onkel Mehmet am nächsten Morgen mit dem Traktor auf das Feld gefahren war, gingen meine Mutter und Fevzi zusammen aus dem Haus. Meine Mutter hatte dreihundert Euro aus dem Täschchen genommen, in dem unsere Pässe und das Bargeld lagen.

Ich stand im Flur und schaute meiner Mutter zu, wie sie sich ein Kopftuch umband. Selbst im Dorf trug sie es nur, wenn sie aus dem Haus ging.

»Was starrst du mich an?«, fragte meine Mutter. »Zieh dir Schuhe an, wenn du mitkommen willst.«

Ich holte mir schnell ein sauberes Hemd und zog meine Sandalen an. Mir war sofort klar, wohin wir gingen.

Zu Döndüs Haus war es kein weiter Weg. Wir mussten am Teehaus mit den blau gestrichenen Fensterrahmen vorbei, das an der Kreuzung lag. Die Männer, die im Schatten der Bäume saßen, hatten einen guten Blick auf alle, die ihnen entgegenkamen. Als wir uns dem Teehaus näherten, wandte ich das Gesicht ab und verschränkte die Arme vor der Brust, um meinen Busen zu bedecken. Ich trug ein leichtes, langärmeliges Hemd und Cordhosen. Die Frauen im Dorf trugen Pluderhosen. Özlem hatte gesagt, ich brauchte erst gar keine Pluderhosen anzuziehen, jeder im Dorf werde ohnehin auf Anhieb sehen, dass ich nicht von hier war. Sie sagte, man erkenne an meinem Gang und an der Art, wie ich um mich blickte, dass ich eine Fremde sei.

Meine Mutter ging in kleinen schnellen Schritten, die
Henkel ihrer Handtasche quer über der Brust. Keine Frau
im Dorf lief so herum wie wir, und obwohl wir in Begleitung von Fevzi waren, spürte ich, wie die Männer uns über
ihre Spielkarten und Backgammonspiele hinweg anstarr-
ten. Meine Mutter tat so, als merkte sie nichts.

Ich hatte einmal als Kind vor dem Teehaus gestanden und
auf meinen Vater und Onkel Mehmet gewartet. Ich hatte es
nicht gewagt, hineinzugehen. Mein Vater hatte mich nicht
zu sich gerufen. Ich hatte den Eindruck gehabt, dass er
es angemessen fand, dass ich draußen blieb. Frauen oder
Mädchen gab es in diesem Teehaus nicht, ich hatte zumindest nie welche hineingehen sehen.
    Für die Zeitung, für die ich in Berlin gearbeitet hatte,
hatte ich einen Artikel schreiben sollen über die türkische
Teehauskultur. In Kreuzberg und Neukölln gab es hun-
derte solcher Teehäuser. Die Idee für den Artikel war von
Stefan gekommen, und ich hatte das Gefühl gehabt, dass er
mich, seitdem wir zusammen waren, absichtlich mit türkischen Themen versorgte. Ich fand das albern, so als wollte
er mir seine Zuneigung zeigen, indem er sich für meine
Kultur interessierte. Als ich sagte, ich wolle die Teehäuser
nicht machen, reagierte er nicht einmal. Er kündigte das
Thema einfach am nächsten Morgen in der Redaktions-
konferenz an, und die Kollegen stimmten zu, sie würden
gern etwas über diese Männercafés lesen. »Niemand außer
dir kann so eine Geschichte machen«, hatte Stefan gesagt,
somit war die Sache entschieden, er bekam seinen Willen.
Es war mir unangenehm gewesen, in so einen Laden zu ge-

hen, mich an den Tisch zu setzen und die Männer, die dort fernsahen, Karten spielten oder Tee tranken, nach der Teehauskultur zu fragen. Aber vor den Kollegen konnte ich ihm schlecht eine Szene machen, und es wäre noch alberner gewesen, mich stur zu weigern. Jeder hätte sofort kapiert, dass etwas lief zwischen Stefan und mir. Am Ende war es gar nicht so schlimm gewesen. Die Männer an den Tischen waren freundlich, der Wirt brachte uns immer wieder frischen Tee, der Fotograf machte seine Bilder, und nach zwei Stunden gingen wir wieder. Der Artikel war nicht besonders gelungen, aber Stefan sagte: »Ist doch nett geworden.« An dem Abend, als ich aus dem Teehaus zurückkam, hatte ich mich bei Stefan darüber beschwert, dass er mich zu Geschichten zwang, die ich nicht schreiben wollte. Aber er sagte nur, er wolle Privates und Berufliches nicht miteinander vermischen. Im Büro sei ich für ihn eine Kollegin wie jede andere, er sei mein Vorgesetzter, er entscheide, was für die Leser unserer Zeitung interessant sei und was nicht.

Als wir vor Döndüs Haus standen, erkannte ich das schwere Metalltor wieder. Als Kind war es mir unglaublich groß vorgekommen, jetzt war es einfach nur alt, schwer und dreckig. Fevzi nahm den dicken Metallring, der in der Mitte des Tores befestigt war, und schlug damit fest dagegen. Es dauerte ein Weilchen, bis es sich in den dunklen Stall öffnete. Döndü stand im Schatten des Tores, mit der Hand schützte sie ihre Augen gegen die grelle Sonne und zog dann das Tor noch ein Stückchen weiter auf, als sie sah, dass wir es waren. Fevzi nickt ihr zu, drehte sich um und ging, ohne ein Wort zu sagen. »Bitte, kommt doch herein«, sagte Döndü. Meine Mutter ging voraus. Ich konnte erst nicht viel sehen, merkte aber gleich, dass hier im Stall keine Tiere mehr standen. Aus einem kleinen Fenster fiel etwas Licht auf den Lehmboden. Dann erinnerte ich mich wieder: Rechts war das Plumpsklo, vor dem ich mich als Kind so geekelt hatte. Jedes Mal musste mich meine Mutter begleiten und vor der klapprigen Brettertür auf mich warten. Ich hatte Angst vor den Kühen, an denen ich auf dem Weg zum Klo vorbeimusste, vor den Schafen, vor dem Pferd und den Hühnern. Döndü stieg die Stufen hinauf ins Haus, aufrecht und mit festem Schritt. Ich kam an einen vertrauten Ort zurück, ich wusste, wo die Feuerstelle gewesen war, und auch, wo es zum Raum ging, in dem wir immer gebadet hatten. Dort, wo Großmutter früher Maisbrote gebacken hatte, war die Wand noch schwarz vom Ruß, aber die Feuerstelle war weg. Jetzt lagen da nur ein paar Säcke Kies und Sand, Steine und Werkzeug. Döndü musste meinen Blick bemerkt haben. »Die Feuerstelle habe ich zugeschüttet. Ich koche jetzt drinnen, mit Gas.« Ich lächelte und nickte.

Döndü führte uns in den Raum hinter der Küche. Hier hatten die Frauen gesessen und getrauert, als Yusuf verblutet war. Wir setzten uns auf die Matten an der Wand, durch die schwarzen Gitter am Fenster schien die Sonne. Döndü küsste uns auf die Wangen und brachte eine Karaffe Wasser. Die Umarmungen und Küsse waren keine besonders herzliche Geste, so begrüßte man seine Gäste.

Sie musste jünger sein als meine Mutter, wahrscheinlich war sie sogar um einiges jünger als sie. Trotzdem sah sie neben meiner Mutter grau und erschöpft aus. Sie ist verhärmt, dachte ich. Ihr Haar, das unter ihrem Kopftuch hervorschaute, war hellbraun und glatt, und ich hatte noch nie bemerkt, was für auffallend grüne Augen Döndü hatte. Sie musste einmal sehr schön gewesen sein, mit diesen Augen und dazu dem hellen Haar, das im Dorf schon als blond galt. Inzwischen war sie dick geworden, und auch wenn sie lächelte, hatte sie einen misstrauischen Blick.

Ich fühlte mich unbehaglich. Alles war mir vertraut und doch sah nichts mehr so aus, wie ich es in Erinnerung hatte. Hier hatte ich als Kind Sommer für Sommer meine Ferien verbracht, in diesem Haus war mein Vater aufgewachsen.

Von unserem Sitzplatz aus konnten wir in die Küche sehen, in der ein kleiner Kühlschrank, der Gasherd und ein Tischchen standen. Wenn man hinaustrat, stand man vor der Treppe, die zu den oberen Räumen führte, aber vor der Tür lagen noch mehr Säcke und die Fenster in den Innenhof waren mit Zeitungspapier zugeklebt.

»Benutzt ihr die oberen Räume nicht mehr?«, fragte meine Mutter. Sie klang vorwurfsvoll.

»Außer mir ist hier niemand mehr«, sagte Döndü. Das eine Zimmer, oben, gleich an der Treppe, war das gute Zimmer gewesen. Meine Eltern und ich hatten darin geschlafen, wenn wir meine Großeltern besuchten. Tagsüber war es das Wohnzimmer der Männer gewesen. Dorthin war ich als Kind geflohen, als ich das Weinen und Klagen meiner Mutter und Großmutter nicht mehr ausgehalten hatte. Und dort hatte ich auch meinen Vater mit der Pistole hantieren sehen. »Der Sohn ist in der Stadt, und Gülüm habe ich letztes Jahr verheiratet.«

112

Meine Mutter ließ ihren Blick umherwandern.

»Ich schlafe hier unten, hier koche ich mir mein Essen, das reicht mir«, sagte Döndü.

Sie stand auf, ging hinaus und kam zurück mit einem Tablett mit Gläsern, Würfelzucker und einer Kanne Tee. Sie goss einen Schluck heißes Wasser in das erste Teeglas, schwenkte es und goss das Wasser in das zweite und schließlich in das dritte Glas. Dann leerte sie das Glas. Ich musste schmunzeln, weil ich das nur aus dem Dorf kannte, es aber völlig vergessen hatte.

»Worüber lachst du?«, fragte Döndü und lächelte mich an.

»Nichts, mir hat nur gefallen, wie du die Gläser ausgespült hast.«

»Die Gläser stehen auf einem Regal in der Küche und verstauben so leicht«, sagte sie, als wollte sie sich entschuldigen.

Meine Mutter und Döndü redeten über das Haus, es war offensichtlich, dass es dringend renoviert werden musste.

»Wer soll das bezahlen?«, fragte Döndü. »Für deine Schwiegermutter gehöre ich nicht mehr zur Familie, und meine eigene Familie kann sich kaum selbst ernähren. Der Junge schickt hin und wieder Geld aus der Stadt, aber damit kann ich gerade mal das Nötigste reparieren lassen.« Sie schenkte Tee nach. Ich schüttelte den Kopf und legte meinen Teelöffel quer über das Glas. Es war mein viertes oder fünftes Glas an diesem Tag gewesen. So viel Tee trank ich in Deutschland in einer Woche nicht.

»Ich werde von hier weggehen«, sagte Döndü. »Deshalb

habe ich dich um Geld gebeten. Ich habe keine Kraft mehr, das alles länger mitzumachen.«

Sie hatte es von sich aus angesprochen, wahrscheinlich fand sie es so weniger demütigend, als sich nachher, wenn wir gehen würden, ein paar zusammengefaltete Scheine zustecken zu lassen. Sie saß mit geradem Rücken da, schob ihr Kopftuch zurecht und zog es an beiden Enden straff.

»Das wird das Beste sein«, sagte meine Mutter. »Dein Sohn ist in der Stadt, und Gülüm hat einen Mann. Was willst du hier noch?« Meine Mutter war schroff und kalt. Sie öffnete ihre Handtasche und nahm fünfhundert Euro heraus. Ich fragte mich, wann sie beschlossen hatte, ihr so viel zu geben. Zu Hause waren es noch dreihundert gewesen. »Ich habe Ali nichts davon gesagt«, sagte sie. »Hier, das lässt du dir in der Stadt wechseln.«

Döndü nahm das Geld, ohne zu zögern, und faltete es zweimal in der Mitte. Sie steckte es nicht weg, sondern strich immer wieder mit dem Daumen darüber.

»Ich danke dir, Fatma. Wenn du mir nicht helfen würdest ...«

Ich spürte ihr Unbehagen und blickte weg. Döndü war stolz, man sah es an ihrer Haltung, immer aufrecht, immer wachsam. Sie gab uns das Gefühl, dass das Geld, das sie in der Hand hielt, nicht erbettelt war, sondern ihr zustand. Trotzdem schämte sie sich für das Almosen.

»Ist gut, Döndü. Wir haben die Geschichten hundertmal gehört«, sagte meine Mutter. »Hier im Dorf wirst du nicht glücklich werden. Geh in die Stadt, da kannst du dir Arbeit suchen, putzen oder jemandem den Haushalt machen. Nur zu Hause herumsitzen und die Schwiegermutter verteufeln, das bringt nichts.«

Döndü nickte. Meine Mutter erhob sich und strich sich die Beine ihrer Leinenhose glatt. Sie schien froh zu sein, sich einen Moment um etwas anderes kümmern zu können. Zu Hause hätte sie ihre Hose sofort über eine Wanne mit heißem Wasser gehängt, um die Falten in den Kniekehlen wieder zu glätten.

»Wir gehen jetzt besser wieder.«

Döndü sagte nichts, sie stellte die leeren Teegläser aufs Tablett und schob es zur Seite. Dann stand sie auf, und wieder gingen wir wie die Entenmutter mit ihren Jungen aus dem Raum.

Als wir an der Vorratskammer vorbeikamen, zögerte ich einen Moment. Ich hätte gern einen Blick hineingeworfen, um zu sehen, ob da noch irgendetwas stand, das ich erkennen würde.

»Ich würde gern dort reinschauen«, sagte ich leise und zeigte auf die Tür.

»Was willst du denn da schauen?«, fragte Döndü und nahm einen großen, gusseisernen Schlüssel von einem dicken Nagel. Sie schloss die Tür auf und hielt sie ein wenig für mich auf. Ich steckte den Kopf hinein. Es war eine richtige Rumpelkammer, der Schrank war nicht mehr da, auch die Truhe nicht, in der Großmutter ihre Sachen aufbewahrt hatte.

»Sie haben alles mitgenommen«, sagte Döndü.

Ich war einmal beim Spielen dort drin auf eine kleine gläserne Kiste gestoßen, in der alles Mögliche durcheinander gelegen hatte, ein Gebetskettchen, Fotos, Tabletten.

Wenn ich hier mit Fevzi spielte, war sie unsere Schatzkiste. Sie war der einzige Gegenstand im ganzen Haus, der hübsch verziert war. Alles andere war einfach und zweckmäßig. Es gab keine Bilder an den Wänden und nirgendwo etwas Schmückendes. Nur diese eine Kiste, und ich stellte mir vor, dass Großmutter private Dinge darin aufbewahrte, so wie ich es als Kind tat mit der Zigarrenkiste unter meinem Schreibtisch. Jedes Mal, wenn wir meine Großeltern besuchten, wollte ich das Glaskistchen am Ende der Ferien mit nach Deutschland nehmen, aber noch bevor ich Großmutter um Erlaubnis fragte, protestierte mein Vater, er wolle neben all dem Kram, den meine Mutter aus lauter Sentimentalität in die Koffer stopfte, nicht auch noch meine Sachen schleppen. Meine Mutter nahm Kupferteller mit und Kaffeekannen aus Messing, Großmutters Hochzeitskleid und ein Paar alte Lederschuhe. Dann Gewürze, Henna, Baumwolle und getrocknete Aprikosen. »Sie schämt sich für ihr Dorf, nimmt aber alles mit, was nicht niet- und nagelfest ist«, hatte Großmutter einmal gesagt.

Ich ging ein paar Schritte in das Zimmer hinein, auch hier sah nichts mehr so aus, wie ich es in Erinnerung hatte.

»Suchst du etwas?«, fragte Döndü. Sie war mir hinterhergekommen, ich hatte es nicht bemerkt.

»Nein, ich wollte einfach nur mal schauen.«

Sie kam noch ein wenig näher heran.

»Sie haben nichts hiergelassen, was man hätte gebrauchen können«, sagte sie. Außer uns war niemand im Raum, trotzdem flüsterte sie. Ich hatte das Gefühl, als wäre seit einer Ewigkeit niemand hier drinnen gewesen. Es war stickig und staubig.

»Nicht einmal Teller und Besteck, alles haben sie mitgenommen. ›Wir lassen dir das Haus, was willst du denn noch?‹, haben sie gesagt.« Sie schien froh zu sein, ihre Geschichte doch noch jemandem erzählen zu können. »Deine Großmutter sagte, ich könne den Hals nicht vollkriegen, sie sagte, dass ich unbedingt allein in dem Haus leben wolle und sie vertrieben hätte.« Ich hatte viel über den Streit gehört, aber noch nie von Döndü. »Sie haben im Dorf erzählt, dass ich eine Hure sei, dass die Männer hier ein und aus gingen. Sie haben gesagt, dass ich meine Tochter dem anböte, der am meisten zahlt. Sie halten mich alle für die Böse, aber ich habe niemandem etwas getan.« Die Tür ging auf und meine Mutter sagte, wie müssten uns jetzt wirklich auf den Weg machen. Sie kam nicht zu uns herein.

»Glaub du mir doch wenigstens«, sagte Döndü schnell. »Du bist doch gescheit.« Es klang fordernd, nicht anerkennend.

Fevzi hatte draußen auf uns gewartet. Er fragte nicht, wie es gewesen sei, und meine Mutter erzählte nichts. Schweigend gingen wir nebeneinander durch die staubige Straße. »Du bist doch gescheit.« Döndüs Satz ging mir den ganzen Weg über durch den Kopf. Sie hatte sich mir anvertraut, dabei kannte sie mich überhaupt nicht, sie wusste nicht einmal, ob ich auf ihrer Seite stand. Es musste furchtbar sein für sie, in diesem winzigen Dorf zu leben, wo jeder jeden kannte und die eigene Familie dafür sorgte, dass man sich nirgendwo mehr sehen lassen konnte. Nicht einmal in ihrem Haus wird sie sich wohl fühlen, dachte ich. Dort war ihr Mann verblutet, und dort hatte auch der lange Streit mit ihren Schwiegereltern seinen Anfang genommen. Der Gedanke trübte meine schönen Erinnerungen, die ich an das alte Haus hatte. Döndü hätte lieber heute als morgen dieses Haus und dieses Dorf verlassen, da war ich mir sicher. Ich wollte wissen, was wirklich zwischen Döndü und meinen Großeltern passiert war, und vor allem, wie Onkel Yusuf umgekommen war. Döndü würde es mir erzählen.

Bevor wir ins Haus traten, ermahnte mich meine Mutter auf Deutsch: Mein Vater sollte nicht wissen, dass sie Döndü so viel Geld gegeben hatte, Großmutter durfte nicht wissen, dass wir überhaupt bei Döndü gewesen waren, Onkel Mehmet durfte nicht einmal erfahren, dass Döndü hier gewesen war. »Sonst ziehen sie dich doch noch in diese Geschichte«, sagte sie, als sie ins Haus ging.

Großmutter hatte Schmerzen in der Hüfte und in den Beinen. Oberhalb ihres Gesäßes war die Haut angeschwollen und hatte sich entzündet. Gül bacı hatte uns bei ihrem letzten Besuch daran erinnert, dass Großmutter nicht immer auf derselben Seite liegen dürfe, sonst würde sie sich wund liegen. Obwohl wir darauf geachtet hatten, war es doch passiert. Özlem machte ihr einen Verband. »Bring mir aus dem Schrank noch ein Kissen«, sagte sie. Wir legten ihr eine dieser dicken langen Würste ins Bett und rollten Großmutter auf die andere Seite. »Versuch, so liegen zu bleiben«, sagte Özlem. Großmutter schlang ihren Arm um das Kissen. »Ruh dich aus«, sagte Özlem, machte die Nachttischlampe an, löschte das Deckenlicht und ging hinaus.

»Mach das große Licht wieder an, man sieht ja überhaupt nichts. Noch bin ich ja nicht tot«, schimpfte Großmutter leise. Ich schaltete das Deckenlicht an, eine lange, surrende Neonröhre. Großmutter sah blass aus, mir fiel auf, dass sich die Haut unter ihren Augen dunkel verfärbt hatte. Ich setzte mich neben ihr Bett auf den Boden.

»Setz dich, mein schönes Kind.« Sie seufzte, als fiele ihr das Atmen schwer.

Ich schwieg und sah sie besorgt an. Sie nahm meine Hand und hielt sie fest. »Bald bist du weg, und dann sehen wir uns nicht mehr wieder.«

»Großmutter«, sagte ich und versuchte, entrüstet zu klingen. »Natürlich sehen wir uns wieder. Ich komme im Herbst zurück.« Ich dachte, wenn ich von dem Film erzählte, würde mir Großmutter eher glauben, dass ich wirklich zurückkommen wollte.

»Wozu das denn, Zeynep?« Großmutter lächelte.

»Ich will einen Film über dich drehen, ich will, dass du mir erzählst, einfach so, von dir, von deiner Ehe mit Großvater, wie ihr euch kennen gelernt habt.« Ich wollte auch wissen, wie es war, als meine Eltern nach Deutschland gingen, und wie es war, als Yusuf erschossen wurde. Aber davon sprach ich erst einmal nicht.

»Dazu brauchst du doch keinen Film. Setz dich, dann erzähle ich dir alles«, sagte sie.

»Natürlich, du kannst es mir auch so erzählen, aber wenn ich dich dabei filme, dann …«

»Dann habt ihr auch ein schönes Andenken, wenn ich gestorben bin«, unterbrach sie mich.

»So habe ich das doch nicht gemeint.«

»Zeynep, red nicht daher wie die dummen, alten Weiber aus dem Dorf. Ein Entkommen gibt es nicht, nicht für dich und nicht für mich, für niemanden. Wir gehören Allah und zu ihm kehren wir zurück.«

Wenn Großmutter Koranverse zitierte, wusste ich nicht, ob ich »amin« sagen musste oder nicht. Ich schwieg. Sie redete einfach weiter.

»Du musst mir auch von dir erzählen«, sagte sie. »Was wirst du machen, wenn du nach Deutschland zurückgehst?«

Das war eine schwierige Frage, so genau wusste ich das selbst nicht. Ich würde zurückgehen nach Berlin. Über alles Weitere hatte ich mir noch keine Gedanken gemacht.

»Du hast doch noch eine Wohnung in Berlin?«, fragte Großmutter.

»Ja, ich habe sie an eine andere Frau vermietet, die wird bis zum Herbst bleiben. Das ist ganz gut, so muss ich keine Miete zahlen.«

»Und die wohnt in deiner Wohnung, ich meine, sie schläft in deinem Bett und kocht in deiner Küche?« Offenbar fand Großmutter, die wahrscheinlich bis zu ihrer Heirat kein eigenes Bett gehabt hatte, die Vorstellung, jemand anderen in seinem Bett schlafen zu lassen, unappetitlich.

»Das ist doch nicht so schlimm«, sagte ich.

»Wenn sie deine Schwester oder Cousine wäre, dann wäre das nicht schlimm. Aber eine wildfremde Frau würde ich nicht in meinem Bett haben wollen.«

»Ach Großmutter, später kaufe ich mir sowieso lauter neue Sachen«, sagte ich und musste lächeln. Ich erinnerte mich an das Gespräch mit Özlem, in dem wir uns über dieses Thema unterhalten hatten. Erst da war mir klar geworden, dass ich, was Heiraten und Wohnungeinrichten anging, wahrscheinlich genauso dachte wie die jungen Frauen hier.

»Natürlich. Du wirst ja wohl kaum mit deinem Mann in einem Bett schlafen, in dem schon andere Leute gelegen haben.«

»Wenn ich erst mal einen Mann habe, ist ein neues Bett das geringste Problem«, sagte ich. Großmutter lachte leise, es war mehr ein erschöpftes Schnauben. »Das stimmt. Wäre doch schön, wenn man sich Männer wie Matratzen kaufen könnte.«

»Hätten Sie gern einen weichen, nachgiebigen Mann oder lieber einen harten, stützenden?«, sagte ich mit verstellter Stimme und lachte. So ein maßgeschneiderter Mann würde meiner Mutter auch gut gefallen. Sie hatte eine ganz genaue Vorstellung davon, was für ein Typ für mich in Frage kam. »Er muss studiert haben, er muss intelligent sein, gut aussehen und Geld soll er haben. Wenn sie könnte, würde sie ihn extra für mich anfertigen lassen.«

Großmutter nickte wissend, dann schweifte ihr Blick ab, und sie sah gedankenverloren in den Raum. Ich musste an Stefan denken und seufzte.

»Was seufzt du, mein Mädchen?«

»Ach nur so, mir ist Stefan wieder eingefallen, mein ehemaliger Freund. Es ist jetzt bald ein halbes Jahr her, dass wir getrennt sind, aber ich muss ziemlich oft an ihn denken.«

»Warum habt ihr euch denn getrennt?«, fragte Großmutter.

»Wir kamen nicht so gut miteinander zurecht«, sagte ich.

»Was soll das denn heißen? Trennt man sich, wenn man
nicht so gut miteinander zurechtkommt?«

Ich hörte Schritte auf der Treppe, dann stand meine
Mutter in der Tür. »Zeynep, was sitzt du hier noch bei
Großmutter? Sie muss sich ausruhen. Komm jetzt runter
und lass sie schlafen, es ist schon spät.«

Es fehlte nicht mehr viel, und sie wäre hereingekommen
und hätte mich am Arm hinausgezogen.

»Deine Mutter ruft dich«, sagte Großmutter. Ich sah
sie an, und wir lächelten einander zu. Sicher hatte sie eben
dasselbe gedacht wie ich.

»Fatma, du bist doch alt genug, geht ihr ruhig schon
schlafen, ihr wisst ja, wo alles ist, leg die Betten aus und
kuschel dich an deinen Mann. Wir unterhalten uns hier
noch ein bisschen, von Frau zu Frau.« Sie konnte noch so
krank und schwach sein, ihre Schlagfertigkeit ließ sie sich
nicht nehmen.

»Aber nicht mehr so lange, dir geht es nicht gut«,
sagte meine Mutter und löschte das surrende Licht an der
Decke.

»Sie muss immer das letzte Wort haben«, murmelte
Großmutter.

»Soll ich das Licht wieder anmachen?«, fragte ich und
hatte mich schon erhoben.

»Lass es aus, ich sehe dich auch so. Wir machen es uns
ein bisschen gemütlich. Nimm dir die Wolldecke von meiner Bettkante.« Ich nahm mir die Decke und wickelte

meine Füße ein. Wie lange hatte ich nicht mehr einen solchen Abend verbracht, und wie sehr hatte ich mich seit der Trennung von Stefan nach solchen ruhigen, innigen Abenden mit einer guten Freundin auf dem Sofa gesehnt. Nie hätte ich geglaubt, dass ich ausgerechnet mit meiner Großmutter so zusammensitzen würde.

»Nun erzähl mir, warum ihr euch getrennt habt«, sagte sie.

»Es lief im Bett nicht.« Ich wollte ehrlich sein. Im Halbdunkel, in dieser Stille, so nah an ihrem Bett fühlte ich mich bei Großmutter geborgen.

»Dann hast du gut daran getan, dich von ihm zu trennen.«

Ich musste lachen. Genau dasselbe hatte auch meine Mutter gesagt, als ich endlich mit der Sprache herausgerückt war. Sie hatte nicht gesagt, ich solle mich schämen. Sie hatte nicht gesagt, ich wolle eine Familie gründen, da komme es auf wichtigere Dinge im Leben an als auf guten Sex. Sie hatte aufgebracht gefragt, ob ich noch ganz bei Trost sei. »Wie oft habe ich dich gefragt, ob ihr miteinander zurechtkommt, und du hast immer geantwortet, es gehe gut.«

Miteinander zurechtkommen hieß für meine Mutter, aufregenden Sex zu haben.

»Weißt du, was meine Mutter gesagt hat, als ich ihr das mit Stefan erzählt habe?«, fragte ich Großmutter. »Sie sagte: ›Und ich dachte, du bist eine intelligente, gebildete Frau. Dass eine Beziehung nicht laufen kann, wenn man sich im Bett nicht versteht, weiß doch jeder. Das wissen sogar die Frauen auf dem Dorf.‹«

Großmutter lächelte. »Da hat sie mal etwas Kluges gesagt, deine Mutter.« Dann fragte sie, wie lange ich mit Stefan zusammen gewesen sei.

»Fast drei Jahre«, sagte ich.

Sie zog verwundert die Augenbrauen hoch. »Drei Jahre, da hast du aber eisern durchgehalten«, sagte sie.

»Ja, ich dachte immer, das wird noch.«

Stefan war nicht mein erster Freund gewesen, und mir war nach drei, vier festen Beziehungen schon klar geworden, dass es den perfekten Mann nicht gab. Bis auf die fehlende erotische Anziehung war mit Stefan anfänglich alles ganz schön gewesen. Es schien mir nur vernünftig, bei ihm zu bleiben. Er las gern, er interessierte sich für klassische Musik, er war gesellig und konnte unterhaltsam sein. Aber er war eben kein besonders aufmerksamer Liebhaber. Er streichelte und liebkoste mich, aber ich hatte das Gefühl, dass er es nicht genoss, sondern als lästige Vorarbeit betrachtete, bevor es endlich losgehen konnte.

»Drei Jahre, *Allahım, ya Rabbim*, Herrgott, hat dir niemand gesagt, dass das kein gutes Ende haben kann, wenn es schon am Anfang schlecht läuft?« Sie seufzte. »Das weiß doch wirklich jeder. Das Liebemachen wird mit den Jahren nicht besser. Wann willst du denn mit deinem Mann schlafen, wenn nicht in den ersten Jahren?«

Für Großmutter schien alles ganz einfach zu sein.

»Ich dachte halt, wenn ich geduldig bin, dann finden wir schon zueinander. Miteinander schlafen ist ja auch nicht das Wichtigste.«

Ich hatte immer wieder an der Beziehung gezweifelt

und sogar überlegt, ob ich eine Therapie vorschlagen sollte, aber auf so etwas hätte sich Stefan nicht eingelassen. Und ohnehin hätte sich die fehlende Leidenschaft nicht herbeitherapieren lassen.

Ich hatte das Bedürfnis, ihr noch mehr zu erzählen, ihr noch mehr anzuvertrauen, es war schön, mit ihr zu reden. Aber ich hatte auch Angst, dass es ihr zu viel werden könnte.

»Soll ich dich schlafen lassen, Großmutter?«, fragte ich sie.

»Nein, bleib hier«, sagte sie. Ich lächelte und streichelte ihre Hand. Großmutter blickte mich müde an.

In den Augen meiner Mutter hatte ich versagt, weil ich unfähig war, mich von einem Mann, den ich nicht liebte, zu lösen. Großmutter war sanfter in ihrem Urteil. Und als hätte sie gespürt, dass ich eben an meine Mutter gedacht hatte, sagte sie: »Deine Mutter meint oft, jeder müsse alles so machen, wie sie es für richtig hält. Als dein Vater mit ihr aus dem Dorf wegging, hat sie ihren Willen durchgesetzt, obwohl wir alle dagegen waren, dass die beiden nach Deutschland zogen. Der ganze Widerstand, auf den sie gestoßen ist, ich glaube, er hat sie nur noch mehr in ihrem Willen bestärkt. So ist sie, sobald sie Widerstand spürt, lehnt sie sich dagegen auf.« Sie sah mich an. »Vielleicht ist es auch nur natürlich, dass man ein wenig ausharrt, abwartet, ein wenig Zeit verstreichen lässt, bis man sich zu einer Entscheidung durchgerungen hat. Einfach fortlaufen ist auch nicht immer die richtige Lösung.« Mir war nicht ganz klar, ob sie nun mich oder meine Mutter meinte. Aber ich merkte, wie sehr es sie anstrengte, so lange zu reden. Ich sollte sie wirklich schlafen lassen, statt mir hier alles von der Seele zu reden, dachte ich. Die Sache mit Stefan war vorbei, ich hatte schon viel zu viel Zeit mit ihm verschwendet, ich musste jetzt nicht auch noch meine Großmutter damit plagen.

10

Großmutter fühlte sich immer noch schwach. Sie hatte kaum Appetit und wir mussten darauf achten, dass sie in der Hitze genug trank. Sie sagte, ihre Hüfte schmerze, sie wolle nicht vor das Haus getragen werden. Gül bacı kam, massierte ihr den Rücken, bewegte Großmutters Bein und wechselte den Verband.

»In zwei Tagen kommt der Arzt wieder. Er soll sich das noch einmal anschauen. Die wunden Stellen breiten sich aus. Was er verschrieben hat, scheint ja nicht viel zu helfen«, sagte sie. Meine Mutter, Özlem und ich standen um Großmutters Bett. Sie sah blass aus, es ging ihr noch schlechter als in den ersten Tagen nach unserer Ankunft.

»Wir fahren ins Krankenhaus mit ihr«, sagte meine Mutter. »Wozu sollen wir noch zwei Tage warten?« Sie nahm Großmutters Gesicht zwischen ihre Hände und streichelte es mit den Daumen. Großmutter sah aus wie ein kleines Kind, das man beschützen musste. Wie sehr sie sich verändert hatte. Als wir gerade angekommen waren, war sie mir viel jünger und lebendiger vorgekommen.

»Mehmet soll losgehen und das Auto der Nachbarn holen«, sagte meine Mutter.

Meine Mutter traf nun die Entscheidungen und bestimmte in strengem Tonfall, was zu tun war. Niemand widersprach ihr, im Gegenteil, Özlem fragte meine Mutter, was sie tun solle.

Zwei Stunden später stand das Auto der Nachbarn vor dem Haus, Özlem klappte die Rückbank um und legte sie mit Decken und Kissen aus, sodass Großmutter auf der Fahrt bequem liegen konnte. Ich machte mir trotzdem Sorgen, die Dorfstraße war holprig, jedes Rumpeln und Rütteln würde ihr nur Schmerzen bereiten.

»Sie wird völlig erledigt sein, bis ihr im Krankenhaus seid«, sagte ich.

»Ich weiß, aber wir haben keine andere Wahl«, sagte meine Mutter. Sie suchte etwas in ihrer Handtasche und hob nicht einmal den Kopf, während sie mit mir redete. Sie steckte sich zweihundert Euro in ihren Geldbeutel und sagte: »Du bleibst mit Özlem hier.« Meine Mutter wollte mit Onkel Mehmet und meinem Vater fahren.

»Papa kann doch hierbleiben.«

»Zeynep, spinnst du? Meinst du, ich fahre allein mit Onkel Mehmet ins Krankenhaus?« Sogar jetzt, wo alle besorgt um Großmutters Gesundheit waren, wollte sie mit Onkel Mehmet nicht einen Augenblick länger als nötig zusammen sein.

Onkel Mehmet trug Großmutter die Treppen herunter.

Beim Anblick der kleinen, schwachen Frau in seinen Armen bekam ich plötzlich angst um sie.

»Mach ihr unten ein Bett«, rief meine Mutter aus dem heruntergekurbelten Fenster.

Ich hörte noch, wie Großmutter »Nein, bloß nicht« rief, bevor meine Mutter die Scheibe wieder hochdrehte.

Özlem ging ins Haus, ich folgte ihr und sprang schnell die Stufen in Großmutters Zimmer hinauf. Ich wollte lieber für mich sein. Ich setzte mich auf ihr aufgeschlagenes Bett. Neben ihrem Kissen lag das dünne, weiße Kopftuch, das sie sich zum Beten manchmal umlegte. Ich hob es an meine Nase, es roch muffig nach ungewaschenem Haar, und in diesem Moment kamen mir die Tränen. Ich hatte die ganze Zeit über im Dorf kein einziges Mal geweint. Ich zog die Bettwäsche von Großmutters Decke, setzte mich wieder auf das Bett und strich mit der Hand über das weiße Kopftuch. Nirgendwo lagen Taschentücher, ich schniefte. Dann ließ ich mich in Großmutters Kissen fallen. Wir würden das Bett oben lassen, beschloss ich. Großmutter hatte protestiert, als Onkel Mehmet losfuhr. Es konnte nicht immer alles nach den Wünschen meiner Mutter gehen. Ich rollte mich auf die Seite und dachte noch, dass ich dafür sorgen würde, dass das Bett oben blieb.

Es war später Nachmittag, als ich hinunterkam, Özlem war nicht im Haus. Auch die Kinder waren weg. Ich überlegte, ob sie vielleicht einkaufen gegangen war, aber dann konnte ich mich nicht daran erinnern, dass Özlem in der Zeit, in der wir hier waren, auch nur einmal ins Dorf gegangen wäre. Immer waren es Fevzi oder Onkel Mehmet, die nach der Arbeit auf dem Feld oder nach einem Besuch im Teehaus mit ein paar Tüten nach Hause kamen. Zum Brotholen schickte man die Kinder. Özlems Leben beschränkte sich auf dieses zweistöckige Haus, den Hof, den kleinen Stall. Sie tat mir leid. So wäre das Leben meiner Mutter verlaufen, wenn sie nicht weggegangen wäre, vermutlich auch meines. Ich war froh, dass meine Eltern nach Deutschland gegangen waren. Aber ich zweifelte, ob auch ich den Mut gehabt hätte, aus dem Dorf wegzulaufen, gegen den Willen meiner Familie.

Kerim, Özlems Sohn, kam ins Haus gelaufen.

»Wo wart ihr denn?«

»Bei Tante Necla«, sagte er.

»Wir waren bei den Nachbarn, wieso bist du nicht nachgekommen?«, fragte Özlem und kam in den Hausflur. Sie räumte Schuhe und Spielzeug aus dem Weg und schob einen Stein unter die Haustür, damit sie nicht zufiel.

»Kerim hat eben das Auto kommen sehen, sie werden gleich hier sein.« Sie ging ins Haus. Ich blieb an der Tür stehen und wartete auf das Auto.

Meine Mutter stieg als Erste aus. Das war merkwürdig. Wenn Großmutter auf ihrem Schoß lag, konnte sie nicht einfach so aus dem Auto steigen.

»Wo ist Großmutter?«, rief ich.

»Sie haben sie dortbehalten. Bis morgen, vielleicht bis übermorgen«, sagte meine Mutter und streifte im Hausflur ihre Schuhe ab.

»So schlecht geht es ihr also«, sagte Özlem und bedeckte vor Schreck ihren Mund mit der Hand.

»Sie wollen sie untersuchen. Bis auf ein, zwei kurze Besuche war sie bisher überhaupt nicht richtig im Krankenhaus«, sagte meine Mutter. »Nun können sie einmal gründlich nach ihr sehen. Zu Hause können wir ja kaum etwas für sie tun. Sie nimmt nicht einmal regelmäßig ihre Medikamente.«

Meine Mutter versuchte, den Eindruck zu erwecken, als

habe sie alles im Griff und als laufe alles so, wie sie es für richtig halte. An der tiefen Furche über ihrer Nase, die sich immer dann bildete, wenn sie angespannt war, merkte ich, dass sie nicht so gelassen war, wie sie tat.

Mein Vater und Onkel Mehmet kamen schweigend herein, setzten sich ins Wohnzimmer, ich rührte etwas Limonade an, stellte ein paar Gläser auf eines der Tabletts und trug alles ins Wohnzimmer. Als ich das letzte Mal Limonade gemacht hatte, hatte ich mich fast mit Onkel Mehmet angelegt. Jetzt machte es mir nichts aus, die beiden zu bedienen.

Meine Mutter kam herein. »Ich habe Mutters Bettwäsche heruntergebracht. Unsere Betten müssen auch gewaschen werden«, sagte sie zu Özlem und reichte ihr ein Bündel Wäsche. Özlem nickte.

Ich spürte, wie mir wieder die Tränen kamen. Ich stand auf und ging in unser Schlafzimmer. Die Betten konnte ich auch abziehen, das musste Özlem nicht machen. Wir machten also schon mal sauber. Als wäre Großmutter bereits tot. Ich habe doch noch gar nicht richtig mit ihr geredet, dachte ich und musste schlucken.

Wäschewaschen war eine aufwändige Angelegenheit im Dorf. Es wusch zwar niemand mehr mit der Hand, aber eine richtige Waschmaschine gab es auch nicht. Özlem hatte eine kleine Maschine, die erst angeschlossen werden musste. Man öffnete das Gerät an einer Klappe und füllte von oben die Wäsche, heißes Wasser und Waschpulver hinein. Im Inneren rotierte ein vierarmiger Propeller, ausspülen und auswringen musste man die Wäsche anschließend von Hand. Özlem kam mit zwei riesigen Plastikwannen ins Bad. Sie ließ sie mit Wasser volllaufen und schloss währenddessen die Waschmaschine an.

»Sei nicht traurig, wahrscheinlich können wir sie morgen ja schon wieder abholen«, sagte sie zu mir.

Mir standen die Tränen in den Augen. Ich versuchte zu lächeln. Özlem ließ die Waschmaschine stehen, kam auf mich zu und nahm mich in den Arm. Ich legte meinen Kopf auf ihre Schulter und musste weinen.

»Dieses Wäschewaschen macht mich fertig«, sagte ich. »Als wäre sie schon tot.«

»Ich mache das schon, das bisschen Bettwäsche.« Özlem tätschelte meine Schulter und wandte sich wieder der Maschine zu.

Ich wischte mir die Augen trocken und setzte mich auf einen der hölzernen Schemel, auf die wir uns beim Baden hockten.

Wir redeten nicht miteinander, Özlem ging hinaus und kam mit zwei Eimern heißem Wasser zurück, die sie beide in einem Schwall in die Trommel schüttete.

Ich musste an die Telefonate mit Großmutter denken, um die ich mich immer gedrückt hatte. Ob ich so traurig gewesen wäre, wenn sie einfach gestorben wäre und wir erst zur Beerdigung gekommen wären? Wenn Onkel Mehmet einfach angerufen und gesagt hätte, dass Großmutter unerwartet gestorben sei?

Nach dem Essen brachte Özlem die Kinder ins Bett, Fevzi und Onkel Mehmet gingen ins Teehaus. Mein Vater blieb bei uns.

»Warum gehst du nicht mit? Du gehst doch sonst immer

132

überallhin, wo dein Bruder hingeht«, sagte meine Mutter. Sie rieb sich die Schläfen und kramte in ihrer Handtasche.

»Holst du mir bitte ein Glas Wasser, Zeynep?« Bevor ich mich rühren konnte, stand Özlem auf.

»Willst du ein Aspirin nehmen?«, fragte sie.

»Ich müsste in meiner Handtasche welches haben, ich habe immer Kopfschmerztabletten dabei«, sagte meine Mutter.

Özlem brachte das Wasser.

»Danke, Özlem.« Özlem kniete sich auf die Decke auf dem Boden, räumte das benutzte Geschirr zusammen und trug es hinaus.

Mein Vater hatte auf die vorwurfsvolle Frage meiner Mutter nicht reagiert. Sie war gereizt, und er ließ sich nicht provozieren.

»Was hat der Arzt denn gesagt?«, fragte ich meine Mutter. Sie hatte die Beine von sich gestreckt und lehnte mit geschlossenen Augen an der Wand. Sie rieb sich weiter die Schläfen.

»Nichts, er hat nur gesagt, dass es besser sei, wenn sie ein paar Tage zur Beobachtung bleibe, und ich fand das vernünftig.« Meine Mutter seufzte. Sie ließ die Augen weiter geschlossen. »Stur ist sie. Da bist du genau wie sie«, sagte sie. Ich wusste nicht, ob sie mich oder meinen Vater meinte. »Wenn sie sagt, sie schluckt das Zeug nicht, dann schluckt sie es nicht, und wenn sie dabei umkommt.«

Mein Vater schaltete den Fernseher ein und starrte auf den flimmernden Bildschirm. Das Bild hatte einen bläulichen Farbstich. Ich konnte mich noch an den Sommer erinnern, in dem wir den Fernseher mitgebracht hatten. Ein kleines, tragbares Ding mit zwei Antennen. Er hatte gut verpackt hinten im Kofferraum gelegen. Als wir an der Grenze zwischen Bulgarien und der Türkei in der kilometerlangen Autoschlange warteten, sagte meine Mutter, ich dürfe dem Grenzbeamten auf keinen Fall verraten, dass wir einen Fernseher dabeihätten. Am besten solle ich überhaupt nichts sagen. An der Grenze mussten wir den Kofferraum dann öffnen, der Beamte sah hinein, aber er entdeckte den Fernseher nicht.

»Ich frage mich, ob Mehmet je von allein auf die Idee gekommen wäre, seine Mutter ins Krankenhaus zu bringen. Wahrscheinlich nicht. Nicht einmal Fevzi, dabei habe ich den immer noch für ganz vernünftig gehalten. Da müssen erst wir aus Deutschland kommen, damit die Frau ihre Arznei regelmäßig nimmt.« Meine Mutter redete mit sich selbst. »Gül bacı lassen sie kommen. Als wenn die etwas von schlecht verheilten Knochenbrüchen verstehen würde.«

Mein Vater schaltete weiter. Eine Sängerin in einem glitzernden Abendkleid wiegte sich zu ihrem Lied.

»Wenn ich nicht gesagt hätte, wir bringen sie jetzt ins Krankenhaus, läge sie immer noch da oben. Ich bin es, die sich um die Frau kümmert, ihre Söhne haben Wichtigeres zu tun.« Sie öffnete die Augen. »Du könntest doch mal den Mund aufmachen und etwas zu deinem Bruder sagen. Immer muss ich mich um alles kümmern«, schimpfte sie.

»Hast du dein Aspirin schon genommen?«, fragte mein Vater. Er wandte den Kopf nicht vom Bildschirm. Ich saß mit angezogenen Knien auf meiner Matte und drehte die

Fransen am Teppich zu dünnen Kordeln. Der Tonfall meiner Mutter wurde schärfer.

»Ja, ich habe schon Aspirin genommen. Dich scheint es ja völlig kalt zu lassen, dass deine Mutter im Sterben liegt. Du scheinst vergessen zu haben, warum wir überhaupt hier sind. Den ganzen Tag tappst du deinem Bruder hinterher, aber auf die Idee, ein bisschen Verantwortung zu übernehmen, darauf kommst du nicht.«

»Fatma, beruhige dich, es war ein anstrengender Tag. Nicht nur für dich.«

»Behandle mich nicht, als wäre ich nicht ganz dicht.« Die Stimme meiner Mutter überschlug sich.

»Mama, ist ja gut. Morgen wird Großmutter schon wieder entlassen, das hast du selbst gesagt.« Ich hoffte, dass sie sich beruhigen würde, wenn ich auch etwas sagte.

»Und wenn nicht? Was, wenn sie uns morgen sagen, sie wird nicht mehr entlassen? Oder wenn der Arzt sagt, nehmen Sie sie mit, sie soll in Frieden zu Hause sterben? Deine Großmutter ist fast achtzig.«

Sie begann zu weinen. »Euch lässt das alles kalt.« Sie stand auf und ging hinaus. Einen Augenblick wusste ich nicht, ob ich ihr nachgehen und sie trösten sollte. Mein Vater starrte immer noch auf die Sängerin im Glitzerkleid.

Meine Mutter lag schon im Bett, als ich ins Schlafzimmer kam. Ich konnte nicht sehen, ob sie schlief. Ich zog mich aus und legte mich hin, ohne dabei viele Geräusche zu machen. Der Atem meiner Mutter klang ruhig und gleichmäßig, trotzdem spürte ich, dass sie wach war. Ich sagte nichts. Was hätte ich ihr sagen können, um sie zu trösten?

Das steife Kissen war unbequem, ich zog es unter meinem Kopf hervor, schließlich schlang ich meinen rechten Arm darum.

»Das hätte ich auch nicht gedacht, dass ich wegen meiner Schwiegermutter so traurig werden könnte. Was habe ich sie gehasst, als ich bei ihr wohnen musste«, sagte meine Mutter.

»Du schläfst ja gar nicht.« Ich war erleichtert, dass sie nicht weinte.

»Was hat sie mich als junge Frau zur Weißglut gebracht. Wir haben einander regelrecht verabscheut. In ihren Augen war ich nicht gut genug für ihren Sohn, ich war schuld, dass er nach Deutschland gehen wollte, ich war schuld, dass er seine Eltern im Stich ließ. Als dein Vater schon in Deutschland war, habe ich ja noch drei Monate allein bei seiner Familie gewohnt. Ich habe jeden Abend gebetet, dass er schnell kommt und mich von hier wegholt.«

Ich sagte nichts und meine Mutter fuhr fort.

»Ich habe mir mehrmals gewünscht, sie würde vom Dach stürzen und sich den Nacken brechen. Das kam ja häufig vor, dass Frauen die Betten zusammenrollten und beim Ausschütteln der Decken das Gleichgewicht verloren und hinunterfielen. Sie kann eiskalt sein; wie sie Döndü behandelt hat, wie sie sie geschnitten hat, nachdem der selige Yusuf tot war, wie sie nie etwas auf Mehmet kommen ließ und ihn immer noch vor jeder Kritik in Schutz nimmt, ihr Riesenbaby.«

Die Schlafzimmertür ging auf und meine Mutter hörte auf zu sprechen. Mein Vater kam leise herein und schloss behutsam die Tür. Ich hörte, wie er sich auszog, wie er sich

136

hinlegte und die dünne Decke über sich zog. Ich öffnete die Augen, er hatte meiner Mutter den Rücken zugedreht und die Decke über die Schulter gezogen. Meine Mutter sagte kein Wort, und auch ich hielt lieber den Mund, bis er eingeschlafen war und anfing zu schnarchen. Ich hoffte, dass meine Mutter weiterreden würde. Wir sprachen nie über Onkel Yusuf, wenn mein Vater dabei war. Nicht über Onkel Yusuf, nicht über seinen Tod, nicht über Onkel Mehmet und nicht über Döndü.

In dem Jahr, als Onkel Yusuf erschossen worden war, ging mein Vater während unseres Aufenthalts im Dorf nicht mehr ohne seine Pistole aus dem Haus. Ich war neun Jahre alt und konnte mir nicht vorstellen, dass mein Vater auf irgendjemanden schießen konnte, und sei es, um sich selbst zu verteidigen. Einmal hatte ich zwischen alten Briefen und Fotos ein Bild von Yusuf gefunden, ein altes Foto mit weiß gezacktem Rand. Er war ein hübscher junger Mann, mit hellem Haar, heller als das meines Vaters. Er trug einen Anzug, und auf seiner rechten Brust war in schwungvoller Schrift der Name des Fotostudios zu sehen, in dem er das Bild hatte machen lassen. Ich hatte das Foto immer nur angesehen, wenn ich allein war. Niemand brauchte zu wissen, dass ich es gefunden hatte.

Ich merkte, wie mir die Augenlider zufielen, ich fühlte mich schwer und müde. Ich versuchte, wach zu bleiben und darauf zu warten, dass meine Mutter noch weiter sprechen würde. Doch sie sagte nichts mehr, und dann schlief ich ein.

Am dem Tag, an dem Großmutter aus dem Krankenhaus abgeholt werden sollte, entschied ich mich, nicht mitzufahren. Ich wollte die Abwesenheit meiner Eltern lieber dazu nutzen, um Döndü zu besuchen. Seit diesem merkwürdigen Moment in der Rumpelkammer ging sie mir nicht mehr aus dem Kopf. Und dies war seither die erste Gelegenheit, sie wiederzusehen. Ich glaubte fest daran, dass sie Vertrauen zu mir gefasst hatte. Bisher hatte ich mich aus den Familienstreitigkeiten herausgehalten, vielleicht dachte sie deshalb, ich sei unparteiisch. Ich wollte herausfinden, was mit Onkel Yusuf passiert war, und vor allem, warum.

Döndü war überrascht, als sie mir die Tür öffnete.

»Du bist allein gekommen? Du bist gekommen, um mich zu sehen?« Sie klang abweisend, vielleicht war sie auch nur misstrauisch. Sie nahm mich trotzdem in den Arm und drückte mich. Aus ihrem Ärmel roch es nach Schweiß.

Sie zog mich durch den leeren Stall zu den Treppen, hinauf ins Haus.

»Warum bist du gekommen? Bist du gekommen, um mich zu besuchen?«, fragte sie wieder, als wir uns gesetzt hatten.

Noch hatte ich keine Ahnung, wie ich das Gespräch beginnen sollte und wie ich sie fragen wollte, was mir im Kopf herumging. Ich hoffte, sie würde von selbst darauf kommen.

»Ich wollte Großmutters Haus noch einmal sehen«, sagte ich. Döndü hob das Kinn und zog die Augenbrauen

138

zusammen. Sie sagte nichts, und ich ärgerte mich, dass ich nicht sofort zugegeben hatte, dass ich ihretwegen gekommen war. Das Haus war seit Jahren ihr Haus und nicht mehr das meiner Großmutter. Ich hatte Angst, dass ich das Gespräch vermasseln würde, weil ich die richtigen Worte nicht fand und Döndüs Gefühle verletzte. Ich stellte mir vor, ich würde ein Interview für die Zeitung führen, Stefan säße wie immer in der Redaktion und hätte bereits 180 Zeilen und ein großes Foto eingeplant. Ich musste meine Fragen stellen und versuchen, möglichst gute Antworten zu bekommen. Nachhaken, wenn Döndü zu allgemein blieb, mir Zusammenhänge erklären lassen, wenn ich sie nicht verstand.

Döndü hatte sich in den Raum hinter der Küche gesetzt, in dem wir uns auch das letzte Mal unterhalten hatten, als ich mit meiner Mutter hier gewesen war. Sie hielt einen runden Stickrahmen in der Hand, mit einer Rasierklinge schnitt sie einzelne Fäden ab und zog sie aus dem Stoff.

»Ich weiß nicht, neulich, als wir nebenan einen Moment allein waren, dachte ich, ich könnte dich ein paar Dinge fragen«, sagte ich.

»Wer hat dich geschickt?«, fragte Döndü. Sie sah nicht einmal auf von ihrer Handarbeit.

»Niemand hat mich geschickt. Ich bin gekommen, weil ich mich mit dir unterhalten wollte. Dieser Streit zwischen dir und Großmutter, Onkel Yusufs Tod, das alles ist so ein schwieriges Thema, manchmal denke ich, es ist verboten, darüber zu sprechen. Vor allem wenn mein Vater oder Onkel Mehmet dabei sind.«

Sie tat unbeteiligt, schnitt und zog an ihrem Stickrahmen, machte wieder einen Schnitt.

»Döndü, du bist die Einzige, die offen mit mir spricht.
Alle anderen behandeln mich wie ein kleines Kind. Darum
dachte ich, ich komme zu dir.«

Sie ließ die Hände sinken. Mit ihrem ernsten Blick und
den zusammengezogenen Augenbrauen sah sie nicht so
aus, als wäre sie dankbar für meine plötzliche Neugierde.

»Was willst du denn wissen? Deine Großmutter hat dir
sicher haarklein erzählt, was vorgefallen ist. Oder frag deinen Onkel Mehmet. Er müsste am besten von allen wissen,
was damals passiert ist.« Sie zog ihr weißes Kopftuch von
den Haaren und fuhr mit der Hand hindurch. Sie sah
schön aus, mit dem offenen Haar auf den Schultern. Sie
spielte mit den blauen Perlen, mit denen das Kopftuch ein-
gesäumt war.

»Mit Onkel Mehmet rede ich so gut wie gar nicht«,
sagte ich. »Eigentlich nur mit Großmutter, aber sie ist so
schwach. Ich habe Angst, dass sie sich zu sehr aufregt,
wenn ich sie nach Onkel Yusuf frage.«

»Soll sie doch verrecken, die alte Hexe«, sagte Döndü.

Ich sagte nichts. Döndü klang verbittert. Warum hatte
ich mir auch keine Gedanken gemacht, wie und vor allem
was ich sie am besten fragen wollte? Das lernte jeder Jour-
nalistenschüler im ersten Jahr. Und ich hatte einen Dokumentarfilm über meine Großmutter drehen wollen.

Döndü schaute mir fest in die Augen und sagte: »Hör zu,
jahrelang haben sie mich beschuldigt und beschimpft wegen irgendwelcher Töpfe oder Kannen. Deine Großmutter,
deine Mutter, keine war besser als die andere. Ich war die
Fremde in der Familie, und nachdem sie Yusuf erschossen
hatten, wurde für mich alles nur noch schlimmer. Ich hatte

zwei kleine Kinder, und für die habe ich getan, was ich tun musste. Da habe ich auch Töpfe verkauft und alles andere, was hier herumlag und keiner mehr haben wollte. Nie hat auch nur einer gefragt, ob ich etwas brauchte, ein bisschen Geld vielleicht oder auch nur jemanden zum Reden.« Döndü hatte den Blick keine Sekunde von mir abgewandt.

»Sie haben mich zu dem gemacht, was ich bin, eine arme Frau, die betteln muss, wenn ihre reiche Verwandtschaft aus Deutschland kommt.« Döndü massierte sich die Schläfen mit den Fingerspitzen, dann nahm sie ihr Haar im Nacken zusammen und drehte es zu einer Kordel. Sie strich sich einzelne Strähnen aus dem Gesicht und musterte mich. Sie holte tief Luft und sagte mit fester Stimme: »So, nun frag, wenn du noch etwas wissen willst.«

Die verrückte Döndü war nicht verrückt. Das hatte ich bei unserem ersten Besuch schon gespürt. Die verrückte Döndü war die Einzige, die mir sagen würde, was damals geschehen war.

»Wer hat Onkel Yusuf erschossen? Warum?« Ich kam mir vor wie eine Fernsehkommissarin, die eine Verdächtige vernahm.

»Das ist eine lange Geschichte. Hat dir das bisher noch niemand erzählt?«, fragte Döndü. »Sie reicht Jahrzehnte zurück. Dein Großvater war schon darin verstrickt.«

»Mein Großvater?« Dieser schmächtige Mann, den ich nur als lächelnden Opa mit großer Brille und Zigarette in Erinnerung hatte? Der mit einem Zungenschlag sein künstliches Gebiss aus dem Kiefer drücken konnte und uns Kinder zum Johlen brachte? Der sollte in einen Mord verwickelt gewesen sein?

»Es ist eine ausgewachsene Familienfehde. Dein Großvater und sein älterer Bruder hatten Streit mit einem anderen aus dem Dorf. Es ging um ein Grundstück, Schulden
spielten wohl auch eine Rolle, ich weiß es nicht genau. Dieser andere hat den Bruder deines Großvaters erschossen,
mitten am Tag im Pistazienhain, so hat man es mir erzählt.
Wie gesagt, das ist jetzt vierzig, fünfzig Jahre her.«

Ich hatte nicht einmal gewusst, dass mein Großvater
einen Bruder gehabt hatte.

»Dein Großvater hätte den Tod seines Bruders rächen
müssen«, sagte Döndü. »Ich meine, wenn man, so wie dein
Großvater, fest daran glaubt, dass ein Mann den Mord an
seinem Bruder rächen muss. Er hat ihn aber nicht gerächt,
nicht weil er die Fehde verdammt hätte, nein, weil er ein
Feigling war. Er hat gewartet, bis einer seiner Söhne alt genug war.«

»Und woher weißt du das? Dass Großvater nicht gegen
eine Fehde war?«

»Weil er immer sagte, das Blut seines Bruders sei nicht
gerächt worden. Selbst hat er aber keine Waffe in die Hand
nehmen wollen. Er hat immer nur das Maul aufgerissen.«

Niemand redete so über Großvater, und es stieß mich
ab, wenn es Döndü tat. Sie nahm wieder ihre Stickarbeit
auf, ich konnte den Blick nicht von ihr wenden. Sie sagte
nichts, als wollte sie meine Anspannung weiter steigern.

»Ja, und weiter?«

Sie schnitt mit ihrer Klinge zwei, drei lange Fäden ab
und sagte: »Weiter? Dann haben sie Mehmet geschickt.«

Dass Onkel Mehmet in die Sache verwickelt sein sollte,
war nun das Einzige, was mich nicht überraschte.

»Mehmet hat einen der Söhne des Mannes erschossen, der den Bruder deines Großvaters ermordet hatte. So macht man das hier im Dorf. Jeder rächt seine Toten selbst.« Sie verzog das Gesicht zu einer sarkastischen Grimasse.

Ich verstand nicht, was das mit dem Mord an Onkel Yusuf zu tun hatte. Ich fragte mich, ob Döndü mir diese Geschichte nur auftischte, weil sie Großmutter eins auswischen wollte.

»Weißt du das ganz sicher? Ich meine, dass Großvater Onkel Mehmet, seinen eigenen Sohn, geschickt hat, weil er selbst nicht gehen wollte?«, fragte ich. Es fiel mir schwer, ruhig zu bleiben. Döndüs unaufgeregter Tonfall machte mich verrückt, gleichzeitig dachte ich, wenn sie lügen würde, wäre sie nicht so gelassen.

»Das hat mir Yusuf erzählt.«

Wieso hatte ich bis heute nichts davon gehört? Dass mein Opa einen Bruder hatte, dass Onkel Mehmet dessen Tod gerächt hatte? Mir wurde nun klar, warum meine Mutter Onkel Mehmet mied, so gut sie konnte. Döndü stickte, es machte mich wahnsinnig, dass sie ausgerechnet jetzt in aller Ruhe handarbeiten musste.

»Yusuf hat mir erzählt, dass Mehmet sich lange geweigert hat und dein Großvater auch ihn und deinen Vater überreden wollte. Dein Großvater war ein furchtbarer Tyrann, dominant und rücksichtslos. Alles musste so laufen, wie er es sich dachte. Er hat seine Söhne nicht geschont. Mehmet ist als Schuljunge einmal monatelang von zu Hause ausgerissen, weil sein Vater ihn grün und blau geschlagen hatte.«

Döndü sprach noch immer mit ruhiger Stimme, so als würde sie mir die normalsten Dinge der Welt erzählen. Am liebsten wäre ich aufgestanden und hätte sie angeschrien, aber ich begriff, dass diese Geschichte längst zu Döndüs Alltag gehörte. Sie hatte keine Wahl als ruhig zu bleiben und weiterzumachen.

»Dein Großvater hat nicht nachgegeben, bis sich einer seiner Söhne bereit erklärt hat. Mehmet zu überreden war sicher nicht einfach, die beiden Alten müssen ihn lange weichgeklopft haben.«

»Wen meinst du mit den beiden Alten?«, fragte ich.

»Na, ihn und deine Großmutter, sie ist nicht ohne Schuld, Zeynep.«

»Großmutter?«

»Yusuf sagte, dass sie auf Mehmet eingeredet hat. Mehmet liebte seine Mutter, und sie hatte großen Einfluss auf ihn. Sie habe gesagt, er müsse der Mann sein, der sein Vater nie war. Er sollte den Tod seines Onkels rächen, nicht nur der Familienehre wegen. Sie hat es nicht ertragen, dass ihr Mann so ein Weichling war. Mehmet sollte schießen, damit deine Großmutter sich sagen konnte, mein Mann ist zwar kein Mann, aber dafür ist mein Sohn einer.«

Das war nun wirklich zu viel. Dass Großmutter ihren eigenen Sohn zu einem Mord gezwungen haben sollte, schien mir absurd.

»Das ist doch …«, stammelte ich. Döndü redete einfach weiter.

»Sie hat in Kauf genommen, dass er fast zehn Jahre ins Gefängnis musste und sein Leben ruiniert war. Aber für sie war es wohl schlimmer, die Frau eines Feiglings zu sein.«

Dass Onkel Mehmet im Gefängnis gesessen hatte, wusste ich nicht. Ich war so durcheinander, dass Großmutter etwas mit der Fehde zu tun haben sollte, dass ich kein bisschen Genugtuung darüber empfand.

»Nein, Döndü. Das glaube ich einfach nicht«, sagte ich. »So ist Großmutter nicht.«

»*Allahım*, mein Gott, du kennst sie erst seit zwei, drei Wochen. Du weißt überhaupt nichts über sie. Dass sie auf ihre alten Tage nun vernünftig geworden ist, das mag ja sein. Aber sie ist böse, ein selbstsüchtiges Weib.«

»Und weshalb wohnt Onkel Mehmet bei ihr, wenn sie ihn zu einem Mord gezwungen hat? Das ist doch verrückt.«

»Weil er nicht ganz normal ist. Er müsste nicht bei ihr wohnen. Jeder andere wäre längst in die Stadt gezogen, aber er kommt nicht los vom Rockzipfel seiner Mama. Entweder sieht er nicht, wozu sie ihn getrieben hat, oder er hat ihr verziehen.«

»Warum sollten sie ausgerechnet Onkel Mehmet dazu angestiftet haben, und die anderen Söhne nicht?«

Wie widerwärtig das alles war.

»Yusuf war der Liebling deiner Großmutter. Den Jüngsten wollten sie nicht opfern. Deine Großmutter ließ nicht zu, dass auch nur einer die Hand gegen ihn erhob. Und dein Vater, der war zu der Zeit ja schon in Deutschland. Er war der Einzige in der Familie, der Arbeit in Deutschland gefunden hatte. Das brachte Geld für die ganze Familie, den hätten sie nicht in diesen Dreck gezogen. Es blieb also nur Mehmet.«

Mir wurde übel von dem, was sie mir erzählte.

145

»Und wer hat Onkel Yusuf erschossen?«, fragte ich. Was war das für eine perverse Logik? Wie hatte ich in dieser Familie groß werden können, ohne je etwas davon zu spüren? Meine Mutter hasste das Dorf, sie hasste ihren Schwager, sie hasste ihre Schwiegermutter, mein Vater nahm seine Familie nie in Schutz, aber er vermied es auch, seiner Mutter oder seinem Bruder Vorwürfe zu machen. Tausend Zeichen, ich hatte sie nur nie verstanden.

Eben war ich mir noch vorgekommen wie eine Fernsehkommissarin, jetzt fühlte ich mich wie in einem schlechten Film voll der abwegigsten Türkeiklischees.

»Das kannst du dir ja selbst zusammenreimen. Dein Onkel Mehmet geht los und erschießt einen aus der anderen Familie, von euren Feinden, oder soll ich besser sagen, unseren Feinden?« Döndü schnaubte abfällig durch die Nase. »Und die wiederum rächen sich an uns. Und erwischen Yusuf.«

Ich sah sie an und versuchte, das, was sie eben gesagt hatte, in die richtige Reihenfolge zu bekommen. Ein Bruder meines Großvaters war wegen irgendwelcher Streitereien von einem anderen zwischen seinen Pistazienbäumen erschossen worden. Mein Großvater hatte einen seiner Söhne dazu angestiftet, einen Sohn des Mörders seines Bruders zu töten, weil er sich selbst die Finger nicht schmutzig machen wollte. Großmutter hatte ihm auch noch zugeredet. Onkel Yusuf war tot, weil sich die feindliche Familie noch ein weiteres Mal gerächt hatte. Aber es war ein anderer Gedanke, von dem mir schwindlig wurde. Großvater war es egal, welcher seiner Söhne schoss, der

Mörder hätte ebenso gut mein Vater sein können. Und die andere Familie hatte es sehr wahrscheinlich ebenso wenig interessiert, ob sie mit dem nächsten Schuss Onkel Yusuf, Onkel Mehmet oder meinen Vater umbrachten.

Gott sei Dank leben wir in Deutschland, das war mein erster Gedanke. Offenbar hatte das meinem Vater das Leben gerettet. Vielleicht war es auch nur Glück gewesen, schoss es mir durch den Kopf, und ich spürte, wie mir heiß wurde und mir vor Angst die Tränen in die Augen stiegen.

»Großvater hat nicht aus Feigheit nicht geschossen, er wollte sich in diese Kette von Mord und Rache nicht hineinziehen lassen«, sagte ich.

Döndü sah mich mitleidig an.

»Du hast deinen Großvater sehr gemocht, nicht wahr?«

Ich sah sie an und fragte mich, was jetzt noch kommen könnte. Mir liefen die Tränen übers Gesicht, aus Wut auf Döndü, wegen Onkel Yusuf, meinem Vater und auch wegen Onkel Mehmet.

Ich kam aus einer Familie, in der man an Familienehre und Rachemorde glaubte. In Deutschland las ich von solchen Dingen in Zeitungen, oder ab und zu kam es vor, dass ich im Fernsehen zufällig auf einen Dokumentarfilm über Fehden stieß, und nun hatte ich herausgefunden, dass ich selbst aus solch einer Familie kam.

»Dein Großvater, das war ein Mann, der sehr aggressiv war und den man sehr leicht provozieren konnte. Es hat gereicht, dass einer der Männer im Teehaus zu ihm sagte: ›Na, Hasan, werd du erst mal ein Kerl und sorg dafür, dass das Blut deines toten Bruders gerächt wird, dann kannst du auch bei den Männern mitreden.‹«

»Vielleicht hat Onkel Mehmet ganz allein gehandelt. Wir wissen doch gar nicht, ob Großvater ihn angestiftet hat.« Ich konnte mir noch immer nicht vorstellen, dass mein Großvater wirklich fähig gewesen sein sollte, seinen eigenen Sohn zu einem Mord zu zwingen.

»Ach, Zeynep.« Döndü seufzte laut. »Was habe ich geheult, und es ist alles nur noch schlimmer geworden.« Sie wischte sich mit dem Handrücken die Tränen aus den Augen. »Wie man's auch dreht und wendet, deine Großeltern haben Mehmet und Yusuf das Leben zerstört.«

Auf dem Heimweg konnte ich nicht anders als mich immer wieder umzuschauen. Reiß dich zusammen, dachte ich. Keiner tut dir was. Ich richtete den Blick geradeaus, weil ich mir sicher war, dass mich alle anstarren würden. Als junges Mädchen war es mir oft passiert, dass Jungen, die am Straßenrand herumstanden, anfingen, miteinander zu raufen und zu tollen, wenn ich an ihnen vorbeikam. Ich hatte sie belächelt, wie sie versuchten, mir ihre Stärke zu demonstrieren. Wie junge Hunde, hatte ich damals gedacht, während mir jetzt nichts mehr in diesem Dorf unschuldig vorkam. Mir war übel. Ich konnte nicht glauben, was ich eben alles gehört hatte. Meine gesamte Familie war in eine Kette von Morden verwickelt, Großvater hatte seinen eigenen Sohn zu einem Mord gezwungen und Großmutter hatte nichts verhindert. Es war ihnen egal, dass er dafür ins Gefängnis musste, die Ehre des toten Onkels war das offenbar wert. Wie einfach wäre es gewesen, wenn ich Döndü wie alle anderen auch für verrückt hätte erklären können. Aber die einzelnen Teile der Geschichte passten zu gut zusammen, und wenn ich ehrlich war, ich bezweifelte nicht, dass Döndü die Wahrheit gesagt hatte.

Mein Vater war der älteste Sohn der Familie. Hätte er nicht schießen müssen, allein der Hierarchie wegen? Wieso hatten sie Onkel Yusuf geschont, wieso konnte sich mein Vater weigern und Onkel Mehmet nicht? Hatte Onkel Mehmet sich geopfert für seine beiden Brüder? Für seine Mutter? Die Fragen drehten sich in meinem Kopf, mein Herz schlug schnell, und ich hatte das Gefühl, in der Hitze auf dem Dorfweg kaum voranzukommen. Es konnte nicht sein, dass Onkel Mehmet keine andere Wahl geblieben war. Was hätte er befürchten müssen, wenn er den Tod seines Onkels nicht gerächt hätte? Was, wenn die Fehde weiterging? Döndü hatte gesagt, die andere Familie habe sich geholt, was sie haben wollte. Jetzt läge es an unserer Familie, ob weiter gemordet würde oder nicht. »Solange wir Yusuf nicht rächen, ist Ruhe«, hatte sie gesagt.

Ich ging an den Häusern entlang und versuchte, mich in ihrem Schatten zu halten. Von den drei Brüdern war nur mein Vater verschont geblieben. Sehr wahrscheinlich hatte er immer damit gerechnet, dass man ihn ermorden könnte. Das würde auch die Pistole erklären, die ich damals bei ihm gesehen hatte. Warum hatte ich nie etwas davon mitbekommen? Meine Eltern hatten mich beschützt, sie waren vermutlich nicht nur wegen der Arbeit nach Deutschland gegangen. Es war nur zu verständlich, dass sie wegwollten aus dem Dorf.

Sie hatten die Fehde vor mir geheim gehalten, so viel Distanz hatten sie dann doch nicht dazu gehabt, sonst hätten sie offen mit mir darüber sprechen können. Wir waren regelmäßig zu unseren Verwandten in die Türkei gefahren, meine Eltern hatten nicht wirklich mit ihnen gebrochen. Seitdem wir hier angekommen waren, hing mein Vater am Rockzipfel seines Bruders. Mir kam wieder das Bild vor Augen, wie er die Pistole unter sein Sitzkissen geschoben hatte. Ob Onkel Mehmet nun von seinen Eltern dazu gezwungen worden war oder nicht: der Mann hatte jemanden getötet, und niemand in der Familie schien ihm das ernsthaft vorzuwerfen. Nicht einmal meine Eltern.

11

Schon von der Straße aus konnte ich das Nachbarsauto vor Großmutters Haus sehen und rannte das letzte Stück über den Hof.

Neben der Treppe stand eine kleine Reisetasche. Das musste Großmutters Tasche sein. Ich stieg eilig die Treppen nach oben zu ihrem Zimmer, aber das Bett war unberührt. Schnell sprang ich wieder hinunter ins Wohnzimmer, dort saß sie auf dem Boden, dicke Kissen im Rücken und die Beine lang ausgestreckt.

Auf dem Nachhauseweg hatte ich mich gefragt, wie es sein würde, wenn ich Großmutter später wiedersehen würde, nach allem, was Döndü über sie gesagt hatte. Jetzt saß sie da, matt und erschöpft, sie konnte kaum die Augen offenhalten. Ich setzte mich neben sie. »Großmutter, schön, dass du wieder da bist. Ich habe schon Angst bekommen, weil du nicht oben in deinem Bett warst.« Sie nahm mein Gesicht zwischen ihre Hände, küsste meine Stirn und dann mit feuchten Lippen meine Wangen. »*Kurban olayım sana*, mein Leben gäbe ich für dich«, sagte sie.

Ich wusste nicht so recht, wie ich mich ihr gegenüber verhalten sollte. Einerseits war ich froh, dass sie wieder zu Hause war, andererseits musste ich daran denken, dass sie eine Mutter war, die ihren Sohn zu einem Mord angestiftet hatte. Gerade erst hatten wir zueinander gefunden, es bedeutete mir viel, wie wir uns so wunderbar verstanden und nächtelang miteinander reden konnten. Aber ich konnte und wollte nicht so tun, als fände ich es nicht abscheulich, wie sie sich verhalten hatte.

Özlem brachte Tee und Obst, meine Mutter wischte Großmutter die Stirn mit einem feuchten Tuch ab, mein Vater fragte, ob er den Vorhang vor das Fenster ziehen solle, durch das die Mittagssonne schien. Alle wollten es ihr nach der langen Fahrt so angenehm wie möglich machen. Ich konnte jetzt unmöglich auf die Fehde zu sprechen kommen.

»Lasst mich einfach in Ruhe hier sitzen. Ich sage euch schon, wenn ich etwas brauche«, sagte sie müde. Meine Mutter nahm rasch den Lappen von Großmutters Stirn und ging mit Özlem hinaus, der ganze Trubel, den sie veranstalteten, war nicht erwünscht.

Ich zog den Vorhang vor das Fenster, und Großmutter lächelte, mein Vater schüttelte nur den Kopf.

»So, so«, sagte er. Als er den Vorhang für sie zuziehen wollte, hatte sie ihn ignoriert.

»Meine Enkelin weiß, was mir guttut, nicht wahr, mein schönes Kind?«, sagte sie.

»Wird auch Zeit, sie ist ja schon lange genug bei dir, Mutter.« Mein Vater setzte sich zu uns. Wir waren zum ersten Mal beisammen, Großmutter, mein Vater und ich. Ich fragte mich, was er für seine Mutter empfand, noch nie hatte ich die beiden beieinandersitzen und miteinander reden sehen. Ob er sich ihr gegenüber schuldig fühlte? Weil er ebenfalls hätte schießen sollen und es nicht getan hatte?

Weil sein Bruder tot war und es genauso gut ihn an dessen Stelle hätte erwischen können? Fühlte sie sich ihm gegenüber schuldig, weil sie seinen Bruder zum Töten veranlasst hatte? Ich holte tief Luft und versuchte, diese Gedanken zu vertreiben. Das beklemmende Gefühl verschwand nicht. »Ich sehe mal kurz nach, was die anderen in der Küche machen«, sagte ich.

»Geh nicht weg«, sagte Großmutter und hielt mich an der Hand.

Großmutter ging es schlecht, sie lag im Sterben, und es quälte mich, sie so leiden zu sehen. Sie hatte keine Ahnung, was ich am Nachmittag von Döndü erfahren hatte. Trotzdem konnte ich sie nicht einfach allein lassen. Sie würde nicht verstehen, warum ich plötzlich wegblieb. Ich hätte gern gewusst, warum sie Onkel Mehmet damals angetrieben hatte. Sie war so lieb und klug, sie hatte ein Gespür für meine Stimmung und konnte mir Ewigkeiten zuhören. Ich konnte mir nicht vorstellen, dass sie ihren Sohn zu einem Mord anstachelte, damit ihr Mann nicht als Memme dastand. Aber in ihrem Zustand wollte ich sie nicht noch mit meinen Fragen quälen und gab mir Mühe, mich zurückzuhalten. Als ich mich zu ihr setzte, erzählte sie mir, dass mein Vater und sie vorhin nicht viel miteinander geredet hätten. Sie hätten zwei, drei Sätze gewechselt, dann geschwiegen, und irgendwann sei mein Vater eingenickt. »Die Hitze macht ihm zu schaffen«, sagte sie. »Hmh«, sagte ich. »In Deutschland macht ihm auch immer die Hitze zu schaffen.« Großmutter lächelte.

»Hättest deinen Sohn eben so erziehen müssen, dass er

auch mal ein bisschen was reden, was erzählen kann«, sagte ich. Ich gab mir Mühe, nicht bissig zu klingen.

»Ich möchte mal sehen, wie du deinen Sohn erziehst.«

»Ich bekomme zuerst ein Mädchen«, sagte ich.

»Dass Kinder nicht vom Himmel fallen, das weißt du doch hoffentlich«, sagte Großmutter. Sie zog die Augenbrauen hoch und blickte mich fragend an.

»Ach so? Sagten wir nicht neulich, die Kinder kämen von Allah?« Ich versuchte, lustig zu sein. Aber ich konnte nicht einmal selbst über meinen Witz schmunzeln. Großmutter würde sicher merken, dass ich schlechter Stimmung war.

»Zeynep, mein Mädchen. Benutze deinen Verstand, wir sind alle nicht für die Ewigkeit gemacht. Schau, ich habe hier noch ein paar Tage zu leben. Wenn ich tot bin, dann gibt es euch wenigstens noch. Außer unseren Kindern bleibt doch nichts von uns auf dieser Welt.«

»Ich muss nicht unsterblich sein«, sagte ich.

»Rede nicht so, ich will dich sehen, wenn du so alt bist wie ich und niemanden hast.«

»Man kann doch Kinder haben und trotzdem allein sterben«, sagte ich. »Oder die Kinder sterben, bevor man selbst alt geworden ist.« Ich hatte die Worte nicht zurückhalten können. Ich blickte Großmutter an, sie sagte nichts, schaute mich nur misstrauisch an. »Ich hole uns etwas zu trinken«, sagte ich, stand auf und ging hinaus, ohne mich noch einmal nach ihr umzudrehen.

Als Fevzi am Nachmittag nach Hause kam, half er Özlem, Großmutter hinauf in ihr Bett zu tragen. Sie wollte unbedingt zurück in ihr Zimmer.

»Ich brauche meine Ruhe«, sagte Großmutter. »Die ganze Zeit läuft der Fernseher, dauernd redet jemand, wer soll das aushalten?«

Ich bedauerte Özlem, sie hatte die meiste Arbeit mit Großmutter. Sie war diejenige, die ihr das Essen nach oben brachte, mit Großmutter auf die Toilette ging und immer wieder nach ihr sah.

»Das Auf- und Abrennen hat bald ein Ende, macht euch da keine Sorgen«, sagte Großmutter, als hätte sie meine Gedanken erraten. Özlem legte beschwichtigend die Hand auf Fevzis Arm, als der schon protestieren wollte. Lass sie reden, sie ist eine alte Frau, schien sie sagen zu wollen. Ich ging mit nach oben, schlug das Bett auf und schloss die Fenster, wegen der Mücken.

»Komm zu mir, mein Mädchen«, sagte Großmutter.

»Du musst erschöpft sein, willst du nicht lieber schlafen?«, fragte ich.

»Komm, ich muss dir noch etwas sagen, bevor ich es morgen vergesse. *Allah korusun*, Gott bewahre, nicht dass ich heute Nacht sterbe und es mit ins Grab nehme.«

Großmutter wurde den Gedanken an ihren bevorstehenden Tod nicht mehr los.

Ich kniete mich an ihr Bett.

»Zeynep, mein schönes Kind, mein kluges Mädchen. Warte nicht darauf, dass eines Tages der Richtige kommt und an deine Tür klopft.«

Ich schwieg.

»Mein liebes Kind«, sagte sie, streckte mir die Arme entgegen und zog mich an sich. Als mein Kopf auf ihrer Schulter zu liegen kam, stiegen mir die Tränen in die Augen. Ich musste nicht schluchzen, meine Brust bebte nicht, ich weinte stumm. Großmutter merkte nicht, dass ich weinte. Ich brachte es nicht übers Herz sie zu fragen, was sie zu Döndüs Geschichte zu sagen hatte. Ich würde sie ein andermal fragen. Eine Weile blieb ich so bei ihr liegen, dann taten mir die Knie weh. Ich setzte mich wieder auf den Boden und lehnte den Rücken an Großmutters Bett, so konnte ich mein Gesicht vor ihr verbergen.

Im Wohnzimmer saßen nur meine Eltern, Özlem war mit den Kindern zu ihren Eltern gegangen.

Meine Mutter sah fern, und mein Vater war eingenickt.

»Ist ja wie zu Hause hier«, sagte ich. »Der Fernseher läuft, und Papa schnarcht.«

»Ist doch auch zu Hause. Das ehemalige Zuhause deines Vaters«, sagte meine Mutter. Sie feilte sich die Fingernägel.

»Er hat hier doch nie gewohnt«, sagte ich.

»Na und, ist es deshalb nicht sein Zuhause?«, fragte sie, schaute sich den gefeilten Fingernagel an und rieb mit dem Daumen an ihm.

»Zu Hause ist nicht unbedingt dort, wo deine Eltern wohnen.«

»Wenn du uns von Berlin aus angerufen hast, hast du immer gesagt, ich komme am nächsten Wochenende nach Hause, dabei hast du in dem Haus, in dem wir wohnen, auch nie gewohnt.«

Ich sagte nichts und überlegte, wo mein Zuhause sei. In Berlin war es nicht, ich hatte dort eine kleine Wohnung, aber deshalb war es nicht mein Zuhause. Obwohl ich nach der Arbeit natürlich »nach Hause« ging und nicht etwa in meine »Berliner Wohnung«. Im Haus meiner Großmutter hatte ich gerade angefangen, mich zu Hause zu fühlen, aber davon war nach meinem Besuch bei Döndü nicht mehr viel übrig.

»Ich glaube, ›zu Hause‹ ist ein Gefühl«, sagte ich.

Meine Mutter hörte auf zu feilen und sah mich an.

»Weißt du, der Geruch, der entsteht, wenn ich mir die Nägel feile, das ist auch so ein Geruch, der mich an zu Hause erinnert.«

»Das riecht doch nicht gut«, rief ich.

»Das sagst du, ich mag das irgendwie. So roch es immer im Bad meiner Eltern.«

»Das ist ja ekelhaft«, sagte ich. »Ein Zuhause-Gefühl kann aufkommen, wenn man frisch gebackenes Brot riecht, aber doch nicht bei abgefeilten Fingernägeln.«

»Du weißt immer alles ganz genau, nicht wahr, Zeynep? Sogar wie ›zu Hause‹ riecht.« Sie schüttelte den Kopf und feilte sich die Nägel der anderen Hand. An einem anderen Tag hätte ich versucht, noch eins draufzusetzen, aber heute war mir nicht danach.

Ich hatte mich an den Anblick meiner liegenden Groß-mutter gewöhnt. Als hätte ich sie nie im Hof Brot ba-cken oder fegen sehen. Mir kam es vor, als wären wir schon Monate hier. Wenn ich daran dachte, wie unsicher ich mit Großmutter am Telefon gewesen war, konnte ich kaum glauben, dass das noch keine vier Wochen her war. Und jetzt war sie meine liebe, gute Großmutter – die drei Söhne hatte, einer davon ein Mörder und der andere tot. Ich wollte nicht daran denken, ich hätte lieber an die schönen Momente mit Großmutter gedacht, wie sie »Beeil dich« rief, wenn ich kurz in den Garten ging oder zu Özlem in die Küche, um ihr Tablett mit dem Essen zu holen. Ich hätte gern an die Großmutter gedacht, die wollte, dass ich gleich wieder zu ihr zurückkam, die meine Nähe suchte. Ich hatte die Stunden an ihrem Bett immer genossen. Aber ich bekam die andere Großmutter, die ihren Sohn zum Mord getrieben hatte, nicht aus dem Kopf.

Es wurde von Tag zu Tag heißer. Schon am Vormittag konnte man nicht mehr in der Sonne sitzen, ohne dass einem die Hitze auf den Kopf brannte. Özlem stand im Hof und spannte eine neue Wäscheleine auf. Sema hing am Hosenbein ihrer Mutter und wollte hochgenommen werden.

»Sema, geh zu Zeynep, sie soll dich ein bisschen auf den Arm nehmen«, sagte Özlem. »Zeynep, ruf sie mal zu dir, bitte.«

Sema weinte und quengelte, ich bückte mich zu ihr und klemmte eine Wäscheklammer an ihrem T-Shirt fest. Eine zweite klemmte ich an ihre Hosentasche. Sie hörte auf zu heulen und schaute neugierig, was ich da machte. Özlem reichte mir das eine Ende der Leine und bat mich, es an den Haken an der Hauswand zu befestigen. Dann zogen wir gemeinsam an der Schnur.

»Özlem«, sagte ich leise, als wir eng nebeneinander standen. Ich hatte das Bedürfnis, mich ihr anzuvertrauen. »Sprichst du mit Fevzi manchmal über diese Fehde, ich meine, über Onkel Mehmet?«

Özlem sah mich überrascht an, sie zog noch einmal fest an der Leine und sah sich um.

»Selten, wieso fragst du?«

»Ich war gestern bei Döndü«, sagte ich. »Allein. Ich wollte mit ihr reden.«

»Und?« Özlem sah mich neugierig an. Irgendwie beruhigte mich das, sie war nicht wütend oder vorwurfsvoll geworden.

»Sie hat erzählt, dass mein Großvater schon in diese Fehde verwickelt war und es genauso hätte meinen Vater treffen können und dass Großmutter mit Großvater gemeinsam auf Onkel Mehmet eingeredet hat.« Ich machte eine kleine Pause, um zu sehen, wie sie reagieren würde. Aber sie sah mich nur aufmerksam an. »Meinst du, das ist wahr?«, fragte ich.

Özlem nahm ein Hemd aus dem Wäschekorb und schüttelte es aus, dass der nasse Stoff nur so knallte. »Dass es da vorher schon einen Mord gegeben hatte, das wusste ich. Fevzi hat mir das gesagt.«

»Glaubst du, dass Großmutter Onkel Mehmet angestiftet hat?«

Özlem antwortete mir nicht. Sie nahm noch ein Hemd aus dem Korb und knöpfte es zu. Erst dann wandte sie sich wieder zu mir.

»Deine Großmutter hat gemacht, was dein Großvater wollte, ich habe nicht erlebt, dass sie ihm nur einmal widersprochen hätte. Er war ein Tyrann, ein richtiges Ekel. Wenn ihm nicht schmeckte, was ich gekocht hatte, hat er seinen Teller gegen die Wand geschleudert. Keiner wagte, etwas zu sagen, keiner rührte sich, weil wir alle Angst hatten. Erst wenn er aus dem Zimmer gegangen war, bin ich in die Küche gerannt und habe Schaufel und Besen geholt.«

»Ich habe ihn nie so erlebt, Özlem«, sagte ich.

»Niemand glaubt das, der das nicht selbst gesehen hat. Er konnte charmant sein, zuvorkommend und so lustig. Manchmal hat er uns so zum Lachen gebracht, dass nicht einmal ich an mich halten konnte, selbst wenn ich seinetwegen den ganzen Morgen Suppenflecken aus den Sitzkissen gewaschen hatte.«

Ich konnte mir immer noch nicht vorstellen, dass Großmutter wirklich geglaubt hatte, ihr Sohn müsse den Tod ihres Schwagers rächen, müsse der Held der Familie sein.

»Vielleicht hat sie auf Onkel Mehmet eingeredet, aber ganz gewiss nicht aus freien Stücken, Großvater hat sie vielleicht unter Druck gesetzt«, sagte ich leise, mehr fragend, als dass ich wirklich überzeugt gewesen wäre.

»Ich weiß es nicht«, sagte Özlem. Mit erhobenen Armen klemmte sie ein großes Laken an der Leine fest. Ich sah nur ihren Schatten, nicht ihren Gesichtsausdruck. Sie bückte sich und nahm den Wäschekorb unter den Arm. »Ist ja jetzt auch egal«, sagte sie und zuckte mit den Schultern.

Wie jeden Abend sah ich im Schlafanzug noch einmal nach ihr, bevor wir alle schlafen gingen. In ihrem Zimmer war es schon dunkel. Als ich die Tür öffnete, fiel etwas Licht auf ihr Bett.

»Ich schlafe noch nicht«, sagte Großmutter, ohne die Augen aufzuschlagen. »Ich kann überhaupt nicht mehr schlafen. Mir tut alles weh, der Verband drückt mich.« Sie klang gequält, zudem sah sie müde aus. Ich schenkte ihr ein Glas Wasser aus der Karaffe an ihrem Bett ein.

»Ich habe keinen Durst«, sagte sie.

»Du musst aber etwas trinken, deine Lippen sind ganz trocken.«

Sie nahm das Glas und trank nur einen Schluck. Das war nicht genug, trotzdem nahm ich ihr das Glas wieder aus der Hand.

»Soll ich dir ein zweites Kissen holen oder eine Decke? Wir könnten sie dir als Stütze ins Bett legen.«

Sie schüttelte den Kopf, die Augen hatte sie schon wieder geschlossen. Ich setzte mich an die Bettkante.

»Sei vorsichtig«, sagte sie.

»Soll ich mich auf den Boden setzen?«, fragte ich.

»Nein, nein, bleib hier bei mir, das ist schön, aber beweg dich nicht.« Ich blieb starr sitzen und versuchte mich ganz leicht zu machen, in dem ich die Oberschenkel anspannte. Wenn mein Vater mich früher die Treppen hochgetragen hatte, wenn ich spätabends im Auto eingeschlafen war, hatte ich auch gedacht, ich wäre leichter, wenn ich alle Muskeln fest anspannte.

Nach einer Weile fragte Großmutter, ob etwas mit mir sei.

»Wieso?«

»Du atmest überhaupt nicht.«

»Doch, ganz unauffällig. Ich versuche, ganz leicht für dich zu sein.«

»Gestern Nacht habe ich von meiner Mutter geträumt. Sie war ganz weiß, ihr Gesicht bildschön. Ich war noch ein kleines Mädchen in meinem Traum.« Großmutter flüsterte fast, ich beugte mich näher zu ihr. »Sie hat mit mir ge-sprochen.« Ich wollte nicht über meine Urgroßmutter sprechen, die ich nicht kannte und die für Großmutter ohnehin nur ein Zeichen ihres bald bevorstehenden Todes war.

»Ich bleibe hier, dir passiert nichts«, sagte ich und strei-chelte ihre Wange. »Schlaf ruhig ein, ich bin da.« Sie lag auf dem Rücken, ihr Kopf war zur Seite geneigt, ihre Hände lagen auf der Brust. So legt man Tote in den Sarg, dachte ich. In der Türkei wurden die Toten allerdings in Lein-tücher gewickelt und dann ohne Sarg beerdigt. Ich stellte mir Großmutter mit einem Tuch über dem Gesicht vor, und ich versuchte, das Bild zu vertreiben. Großmutters Bein bewegte sich ruckartig, erschrocken schlug sie die Augen auf.

»Ich muss eingeschlafen sein«, sagte sie.

Ich antwortete nicht und hielt ihre Hände in meinen. Sie atmete ruhig, gleich würde sie wieder einschlafen.

»Du brauchst keine Angst zu haben. Ich bleibe hier sit-zen und passe auf dich auf«, flüsterte ich.

»Sie redet wieder von ihrer Mutter, die sie im Traum sieht«, sagte ich am Morgen zu meiner Mutter. Sie legte Kleidungs-stücke in ihren Koffer.

»Ich weiß.«

»Du musst mit ihr reden«, sagte ich. »Sie braucht Trost.«

»Rede du doch mit ihr. Was soll ich denn zu ihr sagen? ›Mutter, mach dir keine Sorgen, du wirst nicht sterben‹?«

Ich verstand nicht, warum sie so gereizt war. Außerdem

wollte ich nicht die Einzige sein, die Großmutter beim Sterben beistand.

»Wir können nichts anderes tun, als geduldig bei ihr zu sitzen und ihr etwas zu geben, wenn sie Schmerzen hat.«

»Haben sie dir das im Krankenhaus gesagt?«, fragte ich. Meine Mutter wirkte völlig unbeteiligt.

»Sie wird sich nicht mehr erholen. Das weiß sie selbst auch.« Wir sahen aneinander vorbei. Meine Mutter räumte weiter in ihrem Koffer herum.

»Seit Wochen lebe ich aus diesem Koffer, all meine Klamotten haben Längs- und Querfalten vom Zusammenlegen. Warum gibt es in diesem Haus auch keinen Kleiderschrank, in dem man mal was aufhängen könnte?« Meine Mutter musste selbst dann formvollendet gekleidet sein, wenn sie den ganzen Tag in einem anatolischen Bauernhaus saß.

»Mama, bitte, es ist doch völlig egal, ob deine Blusen Falten haben oder nicht.«

»Du verstehst auch gar nichts«, sagte sie mit zittriger Stimme. »Kann man hier nicht mal seine Wäsche in Ruhe zusammenlegen?« Sie weinte jetzt tatsächlich. Ich ließ sie allein. Ich wusste nicht, was ich tun sollte, wenn sie weinte. Ich hatte mit meiner Großmutter geweint, ich hatte mit Döndü geweint, aber wenn ich meine Mutter so sah, schnürte sich alles in mir zusammen und ich ging aus dem Zimmer.

Meine Mutter kam heraus, ihre Augen sahen gerötet aus, ihre Nase war verstopft.

»Ich muss mit dir reden«, sagte sie.

Wir gingen vor das Haus und setzten uns auf die bunten Decken. Ich konnte den Granatapfelbaum sehen. Die Früchte waren immer noch grün, wenn ich sie aufbrechen würde, würden mir kleine durchsichtige Kernchen in den Schoß fallen.

»Großmutters Zustand wird sich sehr wahrscheinlich nicht mehr bessern. Sie wird nicht mehr richtig aufstehen können. Sie sollte am besten liegen, das haben sie uns im Krankenhaus gesagt.« Ich starrte weiter auf die Granatäpfel.

»Wie lange, also, wie lange es ihr noch so gehen wird wie jetzt, kann natürlich niemand sagen.« Wir schwiegen einen Moment, und wieder begann meine Mutter zu weinen.

»Am nächsten Mittwoch geht unser Flug«, sagte sie und sah mich an. Wollte sie, dass ich etwas darauf antwortete?

»Wir haben die Tickets schon bezahlt.«

Ich schwieg. Sie hatten die Tickets bezahlt und mussten nun zurückfliegen, damit das Geld nicht umsonst ausgegeben worden war.

»Es konnte ja keiner wissen, wie es um sie steht, als Onkel Mehmet anrief.«

Jeder Satz klang wie eine Entschuldigung, eine Rechtfertigung. Ich wäre selbst lieber heute als morgen nach Deutschland zurückgeflogen, aber jetzt, wo wir einmal hier waren, konnten wir Großmutter nicht ausgerechnet in dem Moment im Stich lassen, in dem sich ihr Zustand tatsächlich verschlechterte. Ich fand die Situation so absurd, dass ich gar nichts erwiderte.

»Papa und ich haben uns Folgendes überlegt: Wir beide

fahren nach Hause und kommen wieder, sobald … sobald es ernst wird, sobald es deiner Großmutter schlechter geht.« Sie wartete auf eine Reaktion von mir.

»Wir dachten, vielleicht, da du gerade keine Arbeit hast, dass du bei Großmutter bleiben könntest, möchtest … so lange wird es ja wohl nicht mehr dauern … bis wir wieder da sind. Papa kann seine Arbeit nicht so lange liegen lassen, und in meiner Werkstatt gibt es auch eine Menge zu tun.«

»Natürlich bleibe ich bei Großmutter«, sagte ich. Ich brauchte nicht weiter zu überlegen. »Fahrt ihr ruhig.«

Meine Mutter sah mich überrascht an. So einfach hatte sie sich das nicht vorgestellt.

»Zeynep – wirklich?«

Ich lächelte sie an. Sie nahm mich in den Arm, drückte mich und hielt mich einen Moment fest.

»Wir lassen dich nicht lange allein, außerdem ist ja Özlem da«, sagte sie.

Ich fühlte mich stark, erhaben über Rechnereien wegen bereits bezahlter Tickets, frei von schlechtem Gewissen. Ich würde bei Großmutter bleiben und bei ihr sein, wenn sie starb. Das würde ich aushalten. Nie hätte ich gedacht, dass ich in etwas besser sein könnte als meine Mutter. Ich hatte die stärkeren Nerven.

»Ist schon gut, ich kann verstehen, dass ihr ein bisschen Ruhe haben wollt.«

Meine Mutter wollte erst protestieren, aber dann sagte sie: »Ja, du hast schon Recht, das schafft mich alles. Vor allem diese Ungewissheit, wie lange das noch gehen soll.«

Sie rieb sich den Nacken und holte tief Luft. So hatte ich sie noch nie gesehen.

»Mach dir keine Sorgen. Wenn irgendetwas sein sollte, könnt ihr ja schnell kommen.«

»Es macht dir wirklich nichts aus, hierzubleiben? Ich würde selbst gern, aber so lange habe ich meine Arbeit noch nie liegenlassen. Ich will nur ein paar Dinge in Ordnung bringen und sehen, was so angefallen ist, die Rechnungen durchsehen und so, weißt du? Und dein Vater ist unruhig, weil er nicht weiß, was in der Schreinerei los ist. Walter hat sich nicht gemeldet.«

Walter, dem die Schreinerei mit meinem Vater zusammen gehörte, sollte ihn informieren, wenn irgendetwas Wichtiges vorfiel. Er hatte nicht angerufen. Vermutlich ging alles seinen gewöhnlichen Gang. Aber meinen Vater schien das zu beunruhigen.

»Ist gut, Mama. Du brauchst dich nicht zu rechtfertigen.« Ich versuchte, ruhig und selbstsicher zu wirken. Meine Mutter drückte mich noch einmal an sich. Dann stand sie auf und ging ins Haus. Wahrscheinlich wollte sie meinem Vater die frohe Botschaft übermitteln.

Am Nachmittag saß meine Mutter wieder über den Koffern. Ich ging hinein zu ihr, schloss die Tür hinter mir und setzte mich auf eine der zusammengerollten Matratzen.

»Mama.« Sie faltete Hosen meines Vaters zusammen und strich weiter die Hosenbeine glatt. Immer gab es Wichtigeres zu tun, als mir zuzuhören.

»Warum habt ihr mir nie von dieser Fehde erzählt?« Sie ließ die Hose sinken, ihre Hand steckte noch im zusammengelegten Hosenbein. Sie sah mich forschend an, wobei ihr Blick lang nicht so überrascht war, wie ich erwartet hätte.

»Du hast es also herausgefunden«, sagte sie ganz ruhig.

»Du hast es also herausgefunden? Was soll das denn heißen? Sollte das ein Ratespiel sein?« Ich gab mir Mühe, ebenso beherrscht zu bleiben wie sie, aber meine Stimme wurde laut. Meine Mutter reagierte nicht.

»Ich weiß es von Döndü. Sie hat mir alles erzählt, von Onkel Mehmet, von Opa und dass er nicht schießen wollte, und von Großmutter, die auch noch auf Onkel Mehmet eingeredet hat.« Es gelang mir nicht mich zu beherrschen, ich wurde immer lauter. Statt mich zur Ruhe zu ermahnen, sah mich meine Mutter nur ernst an, sie sah fast so aus, als sei sie froh, dass ich es endlich wusste.

»Und ihr habt mir nie ein Wort davon gesagt, sondern auf Döndü herumgehackt.«

Meine Mutter legte die Hose auf die anderen im Koffer, klappte den Deckel zu und setzte sich neben mich auf die Matratze. Ich schwieg, ich wollte hören, was sie zu sagen hatte.

»Zeynep«, sagte sie nur. »Ich hatte befürchtet, dass du uns eines Tages beschuldigen würdest. Aber du musst mir glauben, deinem Vater und mir ist diese Fehde so fremd wie dir. Sie war einer der Gründe, warum wir damals fortgegangen sind aus dem Dorf. Wir wollten damit nichts zu tun haben, dein Vater wollte da auf keinen Fall hineingezogen werden. Vor allem solltest du nicht in einer Familie groß werden, die daran glaubt, dass ein echter Kerl das Blut seines Onkels rächen muss. Wir wollten nicht, dass die Leute mit dem Finger auf dich zeigen und sagen: ›Das ist doch die Nichte von Mehmet, dem Mörder.‹ Ich wollte weit weg von alldem, und als Papa Arbeit in Deutschland bekommen konnte, war das unsere Chance, alles hinter uns zu lassen.«

»Wer sollte denn mit dem Finger auf mich zeigen? Ich denke, wir sind jetzt ehrenwerte Leute, weil wir unsere Toten gerächt haben«, sagte ich sarkastisch. Ich wusste, dass ich ihr weh tat.

»Denkt ja nicht jeder so im Dorf«, sagte meine Mutter ganz leise. »Es gibt auch genug Leute, die uns dafür verachten.«

Meine Familie gehörte also zu denen, für die ein Rachemord eine Sache war, auf die man stolz sein konnte, während es genug Menschen gab, die das verurteilten.

»Ihr hättet es mir trotzdem erzählen müssen«, sagte ich.

»Was hätte es denn geändert, wenn du es früher gewusst hättest? Sei doch froh, dass du unbeschwert aufwachsen konntest. Es reicht doch, dass dein Vater und ich uns immer dafür schämen mussten.«

»Ich fühle mich trotzdem betrogen.«

»Aber du hast doch mit der Fehde überhaupt nichts zu tun«, rief meine Mutter aufgebracht.

Ich konnte meine Gefühle nicht besser erklären. Vielleicht hätte es tatsächlich nichts geändert, wenn ich früher von der Fehde gewusst hätte.

Wir saßen wortlos beisammen, bis meine Mutter sagte: »Lass deine Großmutter bitte in Frieden mit diesen alten Geschichten. Sie ist jetzt wirklich nicht in der Verfassung.«

»Deine Eltern wollen schon fahren«, sagte Großmutter. Sie hatte einen leichten Schlaf und spürte es, wenn ich in ihr Zimmer kam. Ich nahm ihre Hand zwischen meine.

»Ich weiß. Ich bleibe aber hier.«

Sie lächelte mit geschlossenen Augen und drückte meine Hand.

»Sie kommen bald wieder, sie wollen nur ein paar Dinge regeln. Mein Vater muss sich um seine Schreinerei kümmern«, sagte ich.

»Ist schon gut, Zeynep. Deine Mutter ist stark, aber sie hat nicht deine Kraft, siehst du das? Sie erträgt es nicht, mir beim Sterben zuzusehen, jeder Tag, mit dem es mit mir zu Ende geht, ängstigt sie mehr. Sollen sie fahren, jetzt wo ich nicht auf Termin gestorben bin.« Sie war gekränkt, schimpfte aber nur auf meine Mutter. Mit keinem Wort erwähnte sie ihren Sohn, meinen Vater. »Bisher haben wir es auch gut ohne sie geschafft. Özlem ist hier, Fevzi, Mehmet. Und du.«

Es war seltsam, ausgerechnet jetzt ein Teil dieses Hauses zu werden. Ich fühlte mich, als hätte ich die Seiten gewechselt. Meine Eltern hatten selbst mit ihrem Wegzug nach Deutschland nichts daran ändern können, dass ich zu dieser Familie gehörte. Großmutter strich sanft über meine Hand. Ihre Haut war fahl und trocken, die Fingerkuppen verschrumpelt wie Rosinen. Ich mochte ihre Hände.

Sie nahm meine Hand in ihre, hob sie an ihr Gesicht und küsste sie. Wie hatte diese zärtliche Frau ihren eigenen Sohn so weit bringen können?, dachte ich. »Du hast so schöne Hände«, sagte sie. Sie drückte schwach meine

Hand und rieb sie sachte an ihr Gesicht. Ich schob den Gedanken an die Fehde fort.

Nach einer Weile sagte sie: »Ich fühle mich zum ersten Mal alt, weißt du? Solange ich gehen konnte, kam mir nicht der Gedanke, dass ich alt bin. Gut, ich war eine Großmutter, aber das war ich schon mit Anfang vierzig. Inzwischen bin ich ja Urgroßmutter. Dann passierte das mit meiner Hüfte, und jetzt bin ich bettlägerig.«

»Vielleicht können wir dich morgen noch einmal nach unten in die Sonne tragen.«

»Zeynep, red kein dummes Zeug. Es wird mir nicht mehr besser gehen. Ich werde nicht mehr aufs Feld gehen, ich werde nicht mehr zu den Nachbarn laufen, ich werde nicht einmal mehr im Hof in der Sonne sitzen können.«

Sie fing an zu weinen. Ich war beschämt und erschrocken gleichzeitig. Was konnte ich ihr sagen, da sie wusste, dass sie bald sterben würde?

»Ach, Großmutter, wein doch nicht«, sagte ich unbeholfen, und dann kamen auch mir die Tränen. Ich nahm sie in den Arm und hielt sie fest.

Unten brannte fast überall Licht, was ungewöhnlich war. So spät am Abend wurde höchstens noch ferngesehen. Aus der Küche hörte ich Onkel Mehmets laute Stimme. Als ich hereinkam, schwieg er einen Moment, dann schimpfte er weiter: »Jeder ist sich selbst der Nächste, nicht wahr, Ali?«

Mein Vater lehnte mit dem Rücken am Kühlschrank, hatte die Arme vor der Brust verschränkt und sah Özlem zu, wie sie das Geschirr abspülte. Onkel Mehmet blickte ihn wütend an.

»Ihr macht euch davon, und wir können sehen, was aus ihr wird. Als Vater starb, ward ihr auch nicht hier, weil ihr es nicht rechtzeitig geschafft habt, und jetzt verdrückt ihr euch, bevor es ernst wird.«

Mein Vater sah starr zum Spülbecken, als meinte Onkel Mehmet gar nicht ihn.

»Du hast uns angerufen, da war Vater schon gestorben«, sagte meine Mutter. Mein Vater wandte zum ersten Mal seinen Blick von der spülenden Özlem.

»Ihr habt genauso eine Verantwortung für sie, wie jeder in diesem Haus. Nur weil ihr in Deutschland lebt, entbindet euch das von gar nichts. Die Frau hat nur noch dich und mich«, sagte Onkel Mehmet und deutete mit dem Kinn zu meinem Vater.

Ich stellte mich zu meiner Mutter, gleich neben die Tür. Einen Moment überlegte ich, ob ich lieber meinem Vater beistehen sollte, aber ich wollte nicht so demonstrativ durch den Raum gehen.

»Ihr macht es euch leicht, kauft ein Ticket und fliegt dann zurück, wenn der Rückflug ansteht. Mutter ist aber nicht nach Termin gestorben. Ihr habt euch verrechnet.«

Ich sah zu meinem Vater, der inzwischen seine Füße betrachtete.

»Mehmet, hier gibt es nichts, was wir für sie tun können. Wir sind seit drei Wochen hier. Sobald wir unsere Sachen erledigt haben, kommen wir zurück. Ein Anruf, und wir sind da.« Ich hatte meine Mutter noch nie so versöhnlich mit Onkel Mehmet sprechen hören. Sie hatte ein schlechtes Gewissen, und nun wollte sie ihn milde stimmen.

»Erzähl mir nichts, ihr macht euch davon, in euer warmes Nest, euer nettes Leben in Europa. Pizza fressen und Euros scheffeln. Ich habe ja leider nie etwas davon abbekommen. Der feine Herr hat ja keine Arbeit und keine Wohnung für seinen Bruder auftreiben können.«

»Mehmet, wie stellst du dir das vor? Ich kann doch nicht einfach …«, sagte mein Vater. Ich schämte mich fast für ihn. Wie er sprach, wie er sich hielt, wie er seinen Bruder anblickte, kläglich. Warum wurde er nicht laut? Warum ließ er so mit sich umspringen?

»Red doch nicht«, unterbrach ihn Onkel Mehmet und warf den Arm in die Luft. »Wenn man sich auf so eine Niete verlässt wie dich. Das halbe Dorf hat Verwandte nachkommen lassen. Am Anfang haben sie doch noch Leute angeworben. Habe ich dich damals nicht immer wieder gebeten, irgendetwas für mich zu suchen?«

Onkel Mehmet öffnete seine Tabaksdose und begann sich eine Zigarette zu drehen. Großvater hatte genauso eine silberne Dose für seinen losen Tabak gehabt, er musste sie von ihm geerbt haben. »Wir hätten alle diesem Dorf entkommen können. Diesem gottverdammten Dorf. So wie du.« Er hob den Blick nicht von der halbfertigen Zigarette. »Bist abgehauen, hast dich davongemacht, dich in Sicherheit gebracht und deinen Bruder und deine alte Mutter vergessen.« Onkel Mehmet befeuchtete die Ränder des Zigarettenpapiers mit seiner Zungenspitze. Einen Moment war alles ruhig in der Küche. Özlem war mit dem Geschirr fertig, sie lehnte an der Spüle und rieb sich die Hände an der Schürze trocken.

Wieso erinnerte er seinen Bruder nicht, dass er jahrelang

172

die Verwandten in der Türkei unterstützt und regelmäßig Geld geschickt hatte? Aber mein Vater bekam den Mund nicht auf.

»Meinst du, uns gefällt das hier, so ein Leben? Abhängig zu sein von der Pistazienernte und von dem Geld, das der werte Bruder ab und zu mal aus Deutschland schickt. Mit dem er sich freikauft, sich sein Gewissen reinwäscht.«

Mein Vater strich sich mit der Hand über den Nacken und schaute zu Boden.

»Mir haben sie die Pistole in die Hand gedrückt, weil du dich davongemacht hast«, sagte Onkel Mehmet. Mein Vater warf mir einen kurzen Blick zu.

»Vielleicht wäre Yusuf sogar noch am Leben, wenn du mich mit nach Deutschland genommen hättest.«

»Jetzt reicht's aber«, rief meine Mutter.

»Halt du dich raus«, sagte Onkel Mehmet scharf. »Ich wäre in diese ganze Scheiße überhaupt nicht reingezogen worden, wenn ich in Deutschland gewesen wäre. Dann hätte ich seelenruhig die Kacke der Deutschen aus ihren Porzellantoiletten gekratzt und niemand hätte mich losgeschickt, um den Mord eines seit dreißig Jahren toten Onkels zu rächen.«

»Ich lass mir von dir nicht den Mund verbieten. Du kannst uns nicht für deine Taten verantwortlich machen«, schrie meine Mutter. »Geschossen hast immer noch du.« Sie hatte einen roten Kopf bekommen vor Wut. So außer sich hatte ich sie schon lange nicht mehr gesehen.

»Fatma, bitte.« Mein Vater versuchte, auf meine Mutter einzureden. »Jetzt beruhigt euch mal alle wieder«, rief Özlem dazwischen.

»Hättest du es nicht getan? Ha? Ali? Hättest du es nicht
getan, wenn dein Vater dir die Knarre in die Hand gedrückt hätte? Nein, weil du genauso ein kleiner, feiger Ho-
senscheißer bist, wie Vater einer war. Zu nichts nutze.« Er
ging mit drei, vier Schritten auf ihn zu, und ich merkte, wie
meine Beine einen Moment nachgaben. »Vater«, schrie
Özlem und ging auf Onkel Mehmet zu. Mein Vater hatte
die Arme vor den Kopf gehoben, um sich zu schützen.

Meine Mutter und Özlem redeten auf Onkel Mehmet
ein und versuchten, ihn von meinem Vater wegzuziehen.
»Ich habe die Drecksarbeit gemacht, weil Vater und du
nicht Manns genug waren.« Er stieß meine Mutter und
Özlem von sich. »Keine Angst, ihr braucht keine Angst zu
haben, so einen erbärmlichen Wurm schlage ich nicht. Der
macht sich doch schon in die Hose.« Onkel Mehmet ging
mit eiligen Schritten aus der Küche. Dann hörte ich die
Haustür schlagen.

12

Vor dem Schlafengehen hatten wir nicht mehr miteinander geredet, jeder war in seinen Schlafanzug geschlüpft und hatte sich die Decke über die Ohren gezogen. All das Unausgesprochene, alle Fragen, meine Scham und die Verzweiflung nahmen mir die Luft. Mein Vater hatte in der Küche nur einmal meinen Blick gesucht. Seither war er mir ausgewichen. Ich wusste, dass er sich als Versager fühlte. Was für ein Bild hatte er abgegeben? Ich schämte mich für ihn, er hatte sich von seinem Bruder in die Ecke drängen lassen, hatte sich geduckt, als Onkel Mehmet schon den Arm gehoben hatte. Er hätte seinem Bruder endlich einmal die Meinung sagen sollen, statt sich ein Leben lang von ihm tyrannisieren zu lassen. Damit ein für alle Mal Schluss war mit dieser Fehde und ihren Konsequenzen. Mein Vater hatte sich verhalten wie ein kleines, ängstliches Kaninchen, das von Özlem und meiner Mutter befreit werden musste. Er war nicht in der Lage, sich seinem Bruder gegenüber zu behaupten. Ich bemitleidete ihn, in manchen Augenblicken war das Gefühl so stark, dass das Mitleid in Abscheu umschlug. Wieso hatten sie mir nie etwas gesagt? Sollte ich alles so erfahren? Ich verstand sie nicht, spürte aber, dass es feige wäre, ihnen alle Schuld zuzuschieben. Ich hatte nie die Augen aufgemacht und mich immer darauf verlassen, dass Mami und Papi alles im Griff hätten. In meinen Schläfen und an der Schädeldecke pulsierte es, ich würde kein Auge zutun in dieser Nacht. Aber den Mund brachte ich auch nicht auf. Genauso wenig wie meine Eltern. Ich stand auf, nahm meine Decke und mein Kissen und ging hinauf in Großmutters Schlafzimmer. Sie schlief, ich schlich hinein und rollte mich auf der Liege unter dem Fenster zusammen.

Die Tage bis zur Abreise meiner Eltern verliefen ruhig und schweigsam. Jeder versuchte, dem anderen aus dem Weg zu gehen. Meine Mutter sah mich nur manchmal mit einem merkwürdigen Blick an, so als wolle sie sehen, wie ich mit dem Familiengeheimnis zurechtkam. Onkel Mehmet ließ sich so gut wie nicht mehr blicken und kam abends erst nach Hause, wenn wir schon auf dem Weg ins Bett waren.

Als das Gepäck schon im Kofferraum lag, gab mir meine Mutter noch einmal alle Nummern, unter denen meine Eltern in Deutschland zu erreichen waren.

»Ruf mich an, wenn irgendetwas ist. Wenn es ihr schlechter geht, wenn sie nachts nicht mehr zur Ruhe kommt. Egal was, du kannst mich jederzeit anrufen. Wir kommen dann mit dem nächsten Flug.« Sie notierte Özlem die Durchwahl des Arztes, der Großmutter operiert hatte, seine Handynummer und die Notfallnummer. Sie schrieb uns die Namen von Großmutters Medikamenten auf und wie viel sie von welchem nehmen sollte. Als wenn sich meine Mutter bisher ganz allein um Großmutter gekümmert hätte. Ich schüttelte den Kopf. Wenn sie sich so viel Sorgen um Großmutter machte, dann sollte sie eben nicht nach Deutschland fliegen.

Sie zog meinen Kopf an ihr Gesicht, und schon als sie den Arm nach mir ausstreckte, liefen mir die Tränen über das Gesicht. Meine Mutter schluchzte, drückte mich kurz an sich und küsste mich.

»Meine tapfere Zeynep«, sagte sie, ließ mich stehen und stieg heulend ins Auto.

Im Haus wurde es ruhiger, nachdem meine Eltern gefahren waren. Plötzlich gab es viel weniger zu tun als vorher, obwohl wir nur zwei Personen mehr gewesen waren. Morgens bereitete ich mit Özlem das Frühstück zu, sie kümmerte sich um ihre Kinder und wechselte Großmutters Verband. Ich kochte ihr jeden Morgen ein weiches Ei und vermischte Tahina mit Honig, damit sie es sich aufs Brot streichen konnte. Meist saß ich noch ein Weilchen bei ihr und massierte ihr die Füße. Nachmittags, wenn Kerim von der Schule kam, schickten wir ihn in den Laden an der Hauptstraße, damit er Großmutter Süßigkeiten kaufte oder Eis. Der Arzt verschrieb ihr regelmäßig Antibiotika gegen die Entzündung und sagte, wir sollten sie öfter von der einen Seite auf die andere Seite drehen. »Wozu lassen wir diesen Arzt kommen, der sagt doch nichts anderes als Gül bacı«, schimpfte Großmutter.

»Nimm du doch noch ein bisschen von dem Eis«, sagte Großmutter und schob mir ihr halb aufgegessenes Schälchen hin. Sie hatte nur noch wenig Appetit, und ich war froh um jedes bisschen, das sie aß. Das Einzige, auf das sie unentwegt Lust hatte, waren Eiscreme und Süßspeisen, aber auch davon wollte sie nie mehr als ein, zwei Löffel.

»Magst du kein Pistazieneis?«, fragte ich sie.

»Doch, doch. Es ist lecker. Aber ich bin schon satt. Iss du es auf.«

»Ich mag doch kein Eis, Großmutter«, sagte ich und stellte den Teller zur Seite.

»Wieso magst du kein Eis? Deine Kindheit liegt noch nicht so lange zurück wie meine.« Dann sagte sie: »Meine Mutter mochte auch kein Eis. Sie hat ihre Portion immer mir überlassen.« Sie legte den Kopf zur Seite und schaute verträumt drein. »Sie hat mich sehr lieb gehabt, meine Mutter.«

Immer wenn Großmutter von ihrer Mutter erzählte, wurde mir unheimlich. Manchmal sprach sie von ihr, als habe ihre Mutter in der Nacht wahrhaftig an ihrer Bettkante gesessen und sich mit ihr unterhalten. Die Krankheit und auch die Nähe zum Tod machten ihr immer mehr zu schaffen. Sie lebte in einer Zwischenwelt, in der sie ihrer toten Mutter so nah war wie Özlem und mir.

»Dein Großvater mochte auch kein Eis. Aber der wusste ja nicht, was gut ist.« Sie lächelte versonnen. Ihre Stimme klang wehmütig, wenn sie über meinen Großvater sprach. Nicht ein böses Wort kam über ihre Lippen. Ich hielt den Mund.

Das Eis war in seinem Schälchen zu einer hellgrünen Suppe zerronnen, als Großmutter fragte, ob noch Eis da sei.

»Das, was übrig ist, ist schon zerlaufen. Das kannst du nicht mehr essen.«

Ich zeigte ihr den Inhalt des Schälchens, sie streckte die Hand danach aus und löffelte es mit drei, vier Löffeln aus.

Angewidert sah ich sie an.

»Was ist, du verwöhntes Gör? Meinst du, man kann es nicht mehr essen, nur weil es jetzt warm und flüssig ist?«

»Genau das dachte ich.«

»Deine Mami hat dir natürlich nie zerlaufenes Eis zugemutet, nicht wahr? Du hast immer frisches Eis aus eurer modernen Tiefkühltruhe bekommen. Dann hast du das schöne bunte Papier abgemacht und den Müll Mami in die Hand gedrückt.« Ihre Stimme klang hämisch. »Ich war froh um jeden Happen Süßes, den mir mein großer Bruder und die kleineren Geschwister übrig gelassen haben«, sagte sie.

»Du hast doch eben gesagt, deine Mutter habe dir immer ihre Portion überlassen.«

»Ja, die schon.«

Ich nahm Großmutter das leere Schälchen aus der Hand.

»Ich bringe das mal weg.« Sie wusste nicht, was sie redete.

Großmutters Schlafrhythmus veränderte sich. Nachts lag sie oft wach, dafür schlief sie bis spät in den Vormittag. Am frühen Abend nickte sie noch einmal ein. Wenn ich vor dem Schlafengehen noch einmal nach ihr sah, war sie meist wieder wach.

»Hast du heute mit deiner Mutter gesprochen?«, fragte sie mich.

»Nein, sie hat nicht angerufen.«

Meine Mutter hatte sich an dem Abend gemeldet, als sie zu Hause angekommen waren. Seitdem hatte ich nichts mehr von ihr gehört.

»Warum rufst du sie denn nicht an? Wozu haben wir denn ein Telefon?«

Ich hatte keine Lust, mit meiner Mutter zu sprechen. Wir kamen hier gut ohne sie zurecht.

»Es ist doch alles in Ordnung. Uns geht es gut. Es gibt gar keinen Grund, dauernd nach Deutschland zu telefonieren.«

»Dauernd. Du hast noch kein einziges Mal von hier aus angerufen.«

Großmutter bat mich, das Fenster zu öffnen. Seit drei Nächten wollte sie bei offenem Fenster schlafen. Damit keine Mücken ins Zimmer flogen, musste ich erst das Licht löschen.

»Wie spät ist es jetzt in Deutschland?«, fragte sie, als ich an der Wand lehnte und wartete, dass sich meine Augen an die Dunkelheit gewöhnten.

»Eine Stunde früher als bei uns«, sagte ich.

»Morgen musst du sie anrufen«, sagte Großmutter. Ich öffnete das Fenster und ging zurück an ihr Bett und setzte mich zu ihr. Es war gar nicht so dunkel im Zimmer. Der Mond gab Licht genug. Ich konnte sehen, dass sie mit geschlossenen Augen dalag.

»Zeynep«, sagte sie.

»Ja?«

»Bleibst du hier noch ein bisschen sitzen? Ich will nicht allein einschlafen.«

»Ich bleibe doch jeden Abend hier sitzen, bis du einschläfst.«

»Ich weiß, aber heute musst du auch bleiben.«

Sie sah mich an, und ich hatte das Gefühl, dass sie Verdacht schöpfte, als wüsste sie, dass im Haus etwas vorgefallen war. Vielleicht spürte sie, dass ich mich um sie kümmerte, in Gedanken aber nicht so recht bei ihr war. Auch wenn ich mir Mühe gab, mir nichts von meiner Enttäuschung anmerken zu lassen, musste sie gemerkt haben, dass irgendetwas anders war.

»Hast du Angst, Großmutter?«

»Ich weiß, dass ich wieder von meiner Mutter träumen werde. Ich will sie gern sehen, aber sie macht mir auch Angst.«

»Ich bleibe hier.«

Sie ließ ihre Hand auf meinem Oberschenkel liegen. Ich schaute ihr schweigend ins Gesicht. Sie hatte wieder abgenommen und sah noch zerbrechlicher aus.

»Erzähl mir was«, flüsterte sie.

Ich lächelte, sie öffnete die Augen.

»Was ist denn?«, fragte sie.

»Stefan wollte auch immer, dass ich ihm etwas erzählte, wenn wir im Bett lagen und schlafen wollten.«

»Liebesgeschichten wahrscheinlich.«

»Er wollte nichts Bestimmtes hören. Er wollte nicht vorgelesen bekommen und auch nicht, dass ich ihm eine Geschichte erzähle. Ich sollte einfach nur reden, nicht zu laut und ganz nah an seinem Ohr. Also habe ich ihm erzählt, was mir an dem Tag so durch den Kopf gegangen ist, was ich am nächsten Tag tun wollte, wie ich mich fühlte oder was ich in dem Moment überlegt habe.«

Ich redete, und er schlief allmählich ein. Das war seine Gutenachtgeschichte.

»Er wollte einfach deine Stimme hören«, sagte Großmutter. »So wie ich.«

Ich strich über ihre Wange, über ihre geflochtenen Zöpfe

und legte meine Hände auf ihre. Sie atmete ruhig und war kurz vor dem Einschlafen.

»Erzähl doch weiter.«

Nachdem Stefan ausgezogen war, fing ich an, mir kleine Geschichten zum Einschlafen auszudenken. Manchmal unterhielt ich mich mit meinem Kopfkissen, dem unbenutzten auf seiner Seite des Bettes.

Großmutter lag ganz ruhig da, ihre Brust hob sich kaum beim Atmen. Ich erschrak und legte ihr die Hand aufs Gesicht. Sie schreckte auf. »Bin ich eingeschlafen?«

»Nein, nein, es ist alles in Ordnung.«

»Ich schlafe nicht, Zeynep, erzähl du nur.«

Ich sprach weiter, mehr zu mir selbst als zu ihr. Ich erzählte ihr, dass ich wieder nach Berlin gehen wollte, dass ich nicht wusste, ob ich gleich wieder eine Arbeit finden würde, aber dass ich nicht mehr länger bei meinen Eltern bleiben wollte. Großmutter schlief, ich wusste, dass sie mir nicht mehr zuhörte, aber ich hatte Angst, dass sie aufwachen würde, wenn ich jetzt schon aufhörte zu sprechen. Ich erzählte ihr, dass ich mich in den letzten Tagen einsam und verloren gefühlt hätte und oft an Stefan hätte denken müssen, dass ich nachts, wenn ich im Bett lag, sogar Sehnsucht nach ihm hatte und mir manchmal vorstellte, wie es wäre, wenn wir uns wiedersehen würden. Großmutter schlief, und ich beobachtete sie. Ich war mir sicher, dass sie mich nicht hörte. »Ich weiß schon, dass das Quatsch ist, ich sehne mich nicht ernsthaft nach Stefan, aber ich hätte gern jemand, mit dem ich über das, was damals mit Onkel Yusuf passiert ist, reden könnte, weißt du, mit jemandem von zu Hause.«

Großmutters Wangen waren eingesunken, an den Mundwinkeln hatte sie tiefe Furchen, die Haut um ihre Augen sah aus wie zerknittertes Papier. Sie war meine Großmutter, die Mutter meines Vaters und auch die von Onkel Mehmet und von Onkel Yusuf. Ich strich ihr sanft über die Wange und dachte an all die schrecklichen Dinge, die sie erlebt und vielleicht getan hatte. Wie konnte sie wollen, dass ihr eigener Sohn auf jemanden schoss? Ich würde sie nicht mehr fragen können.

Meine Finger glitten über einen kleinen dunklen Leberfleck an Großmutters Kinn. Mir war er bisher gar nicht aufgefallen, dabei hatte mein Vater genauso einen Fleck, nicht im Gesicht, auf der Brust. Wenn er kein Hemd trug, konnte man ihn sehen. Auch ich hatte so einen Leberfleck, an der Innenseite meines rechten Knies. Als Kind hatte ich den Fleck für das Auge meines Knies gehalten. Instinktiv griff ich mir ans Knie, an die Stelle, an der der Fleck saß. Großmutter atmete ganz ruhig, und ich war froh, dass ich sie durch meine abrupte Bewegung nicht gestört hatte. Vorsichtig nahm ich meine Hand von ihrer und stand ganz langsam auf. Sie rührte sich nicht.

Özlem saß allein im Wohnzimmer und flickte Wäsche. Ich war zu müde, um mich noch zu ihr zu setzen, blieb aber einen Moment in der Tür stehen. Sie lächelte mich kurz an und fuhr mit ihrer Arbeit fort. »Kerims Schuluniform hat einen Riss am Ellbogen, so kann er sich vor seinem Lehrer nicht sehen lassen«, sagte sie. Ich nickte wortlos, oben starb unsere Großmutter und hier unten ging der Alltag weiter. Mir fielen meine Eltern ein, die jetzt vier

Flugstunden entfernt in ihren Betten lagen und schliefen. Ob sie an uns dachten? Oder sorgten sie sich um irgendwelche Polster- und Näharbeiten, die bis zum nächsten Tag fertig werden mussten?

»Özlem, hättest du nicht Lust, nach Deutschland zu ziehen?« Der Gedanke war mir eben erst gekommen. Nähen und Flicken, etwas anderes tat meine Mutter im Grunde auch nicht.

»Was soll ich denn in Deutschland?«, fragte sie und lachte.

»Abhauen, du hast doch gesagt, dass ihr wegwollt aus dem Dorf, wenn Großmutter nicht mehr lebt.«

»Wir wollen in die Stadt gehen, aber von Abhauen war nicht die Rede. Vor wem sollen wir abhauen?«

Ich war müde und ich wollte sie gern provozieren.

»Vor den Mördern im Dorf.«

Sie sah mich verwundert an.

»Red keinen Blödsinn, Zeynep. Uns will niemand etwas. Die Geschichte mit der Fehde ist dir wohl zu Kopf gestiegen.« Sie wandte sich wieder Kerims Uniform zu.

»Mir ist gar nichts zu Kopf gestiegen. Ich frage mich nur, wie du es aushältst, ihm jeden Tag das Essen zu servieren, seine Unterhosen auf der Leine aufzuhängen und ihn über dein Leben bestimmen zu lassen.«

»Und was sollte ich deiner Meinung nach tun? Abhauen? Großmutter hier allein verrecken lassen?«

»Wieso hat ihn niemand rausgeschmissen, warum nehmt ihr ihn alle in Schutz? Niemand macht ihm einen Vorwurf.«

Ich hatte Özlem reizen wollen und nun war ich selbst in

Wut geraten. Seit ich hier war, war sie meine Verbündete gegen Onkel Mehmet gewesen, aber jetzt fühlte ich mich von ihr im Stich gelassen. Beim Wäscheaufhängen hatte sie so getan, als sei diese Fehde einfach so über uns alle hereingebrochen, und niemand hätte etwas dagegen tun können.

»Meinst du, ich habe all die Jahre auf dich gewartet, Zeynep? Dass du eines Tages aus Berlin antanzt und mir sagst, was ich tun und lassen soll? Er hat seine Strafe abgesessen, jetzt ist es vorbei.« Sie redete wie Onkel Mehmet beim Streit mit meinen Eltern in der Küche. Ich war fest davon ausgegangen, dass sich Özlem nichts sehnlicher wünschte, als aus diesem Dorf zu verschwinden. Ich war mir sicher gewesen, dass sie die Fehde, dass sie Mord und Rachemord genauso entsetzlich fand wie ich.

»Denk nicht, dass du alles verstehst und besser weißt, nur weil du studiert hast«, sagte sie. »Manche Dinge begreift man nur, wenn man sie erlebt.«

Ich wusste nicht, was ich darauf erwidern sollte. Ich drehte mich um und ging ins Bett.

Zum Frühstück aß Großmutter ein bisschen Brot und ein paar Stücke Wassermelone. »Willst du keinen Tee?«, fragte ich. »Du musst doch etwas trinken.« Seit meine Eltern weg waren, fühlte ich mich verantwortlich für meine Großmutter, ich achtete noch mehr als früher darauf, was sie aß, ob sie genug trank, wie lange sie schlief. Mir gefiel der Gedanke, dass sie mich brauchte. Dass sie von mir umsorgt werden wollte.

Großmutter sagte, ich solle ihr Kissen aufschütteln. Ich zog das Ding vorsichtig hinter ihrem Rücken hervor.

»So ein vollgestopftes Wollkissen kann man doch nicht aufschütteln. Soll ich es boxen? Wo ist dein anderes Kissen?«

»Ich weiß nicht«, sagte sie.

Ich schüttelte und schlug es auf, dann legte ich es an das Fußende des Bettes und klopfte wie ein Masseur mit den Handkanten auf und ab. Ich hob es noch einmal in die Höhe und schüttelte es mit beiden Armen. Wenn ich die bestickte Borte am einen Ende des Kissens auf Augenhöhe hob, reichte es mir immer noch fast bis zu den Knien.

Plötzlich kam mir eine Idee. Ich nahm das Kissen in die Arme und drückte es fest an mich, summte leise und machte einige Wiegeschritte.

»Mein Mann und ich tanzen«, sagte ich und lachte.

»*Kızım, Allah sana akıl versin*, Mädchen, Allah gebe dir Verstand«, sagte sie und lachte auch.

»Du wirst es nicht glauben, das gibt es wirklich. Das habe ich neulich in einer Zeitschrift gesehen«, sagte ich, an meinen Kissenmann geschmiegt. »Ein Kissen, das geformt ist wie ein Oberkörper und ein Arm, ich glaube, es war der rechte. Dem Kissen hatten sie ein hellblaues Herrenhemd übergestreift, ob auch eine Krawatte dran war, weiß ich nicht mehr. Da konnte man sich reinlegen, und bestimmt fühlte es sich so an, als würde man sich an seinen Freund schmiegen.«

Großmutter machte leise Schnalzlaute mit der Zunge. Sie fand dieses Männerkissen albern.

»Gib mir das Kissen wieder, Zeynep, das wird mir zu unbequem.«

Ich legte es ihr in den Rücken, setzte mich wieder auf

den Boden und lehnte mich an ihr Bett. Sie strich mir das Haar aus dem Gesicht.

»Erinnerst du dich an deinen Großvater?«, fragte sie. Ich hielt eine Sekunde inne.

»Natürlich erinnere ich mich an ihn«, sagte ich dann.

»Nein, ich meine, hast du ihn gemocht?«

»Ich mochte Großvater sehr.«

Einmal hatte irgendjemand eine Sonnenbrille mit roten Gläsern mitgebracht, Großvater hatte sie aufgesetzt, und wir Kinder durften ihn fotografieren. Ein andermal war er mit mir im Bus in die Stadt gefahren, weil ich mich im Dorf so langweilte und so lange quengelte, bis er mich zu den Eltern meiner Mutter in die Stadt brachte. Es fiel mir schwer, ihn nun nachträglich für den Tyrannen zu halten, als den ihn mir alle beschrieben. Meine Erinnerungen an Großvater waren schön und voller Zärtlichkeit. Dass er nicht in der Lage war, sich gegen diese grausame Tradition durchzusetzen, konnte ich nicht begreifen.

»Allah gebe ihm Frieden«, seufzte sie.

Hatte Großmutter Allah schon immer so oft erwähnt, oder war das neu? Und warum redete sie nun so häufig von Großvater? Ich hatte den Eindruck, dass sie sich noch einmal vergewissern wollte, dass ihr Mann ein guter Mensch gewesen war. Sie wollte sich nur an seine guten Seiten erinnern. Und ich sollte das auch.

»Kurz bevor er starb, sagte er zu mir: ›Ich habe noch eine Enkeltochter in Deutschland, und ich weiß nichts über dieses Mädchen.‹ Ich habe ihn beruhigt und gesagt, dass du ihn sicher sehr lieb hast, so wie all seine Enkelkinder. Aber nachdem er gestorben war, habe ich oft an diesen

Satz gedacht. Er hatte Recht. Er hat dich nie so kennen gelernt, wie ich dich jetzt kennen lerne. Wer hätte gedacht, dass du es sein würdest, die in meinen letzten Tagen bei mir ist?«

Großmutter hatte ganz leise gesprochen, mehr zu sich selbst als zu mir.

»Dann denke ich mir manchmal, was weiß ich von den anderen Enkeln? Manche habe ich früher jeden Tag gesehen, jetzt kommen sie immerhin an *bayram*, am Freitag. Aber ich weiß nichts über sie.«

»Du bist nicht traurig, oder?«, fragte ich vorsichtig.

»Nein, ich bin nicht traurig.« Sie zog die Decke bis unters Kinn und seufzte. »Ich bin so müde geworden auf einmal«, sagte sie mit leiser Stimme.

»Dann lass ich dich jetzt schlafen.« Ich beugte mich zu ihr und küsste sie auf die Wange. »Mein Omilein«, sagte ich, sie lächelte.

Zweimal rief meine Mutter an, um nach Großmutter zu fragen, beide Male war Özlem dran. Ich ließ Grüße ausrichten. Ich hatte ihr immer noch nicht verziehen, dass sie mich nicht über die Fehde aufgeklärt hatte.

Ich war gerade dabei, im Garten die Wäsche aufzuhängen, als mich Özlem aus dem Haus rief.

»Zeynep, ich glaube, am Telefon ist jemand für dich. Er spricht Deutsch.«

Während ich ins Haus eilte, versuchte ich zu erraten, wer mich wohl aus Deutschland bei meinen Großeltern anrief. Wer es auch war, er oder sie konnte die Nummer nur von meinen Eltern haben. Einen Moment dachte ich an Stefan, verwarf den Gedanken aber wieder. Ich räusperte mich, dann nahm ich Özlem den Hörer aus der Hand.

»Ja, bitte?«

»Zeynep? Bist du das? Hier ist Stefan.«

»Hallo«, sagte ich und versuchte so zu tun, als sei sein Anruf das Normalste der Welt.

Er fragte mich, wie es mir gehe. Er habe gehört, dass meine Großmutter krank sei, da habe er sich Sorgen gemacht.

»Es geht ihr ganz gut«, sagte ich.

Ich war misstrauisch, Stefan rief nicht an, weil meine Großmutter im Sterben lag. Wahrscheinlich hatte ihn seine Neue verlassen, und ihm war langweilig.

»Wie lange musst du denn bleiben?«

»Das weiß ich nicht«, sagte ich.

Einen Moment lang sagte keiner von uns beiden etwas.

»Hast du einen Auftrag zu vergeben?«, fragte ich schnippisch und ärgerte mich im selben Moment über mich selbst.

»Nein, nein, hier geht alles seinen Gang. Ich wollte mich nur nach dir erkundigen, und, wie gesagt, da habe ich erfahren, dass du in der Türkei bist.«

Ich sagte, dass ich sicher noch lange bleiben würde.

»Ich pflege meine Großmutter.«

»Hmh. Gut. Weißt du, ich musste in letzter Zeit immer wieder an dich denken.«

Das kam unerwartet, fast hätte ich gesagt, ich auch.

Özlem stand immer noch im Zimmer, sie verstand kein

Wort Deutsch, trotzdem machte sie mich nervös. Die Situation überforderte mich. Oben lag meine sterbende Großmutter, ich quälte mich wegen dieser verfluchten Fehde, Özlem saß mir im Nacken, und jetzt rief auch noch Stefan an.

»Stefan, ich glaube, meine Großmutter ruft mich«, sagte ich. »Ich muss nach ihr sehen.«

»Ist schon in Ordnung, lass dich nicht aufhalten. Ich wollte nur mal hören, wie es dir geht«, sagte er.

»Danke.«

»Bis bald.«

»Rufst du wieder an?«, fragte ich.

Er lachte. »Sicher.«

»Aber denk an die Zeitverschiebung. Tschüss.«

Ich hängte den Hörer ein und ging hinauf zu Großmutter.

»Was glühst du denn so?«, fragte sie.

»Ich glühe doch gar nicht«, sagte ich und strahlte.

»Komisch. Ich habe den Eindruck, dass du gerade sehr gut gelaunt bist«, sagte sie leise. »Vielleicht machen mich die Medikamente langsam verrückt.«

»Nein, Großmutter. Du hast dich nicht getäuscht.« Sie sollte nicht denken, dass sie durchdrehte. Ich konnte ihr durchaus auch die Wahrheit sagen.

»Großmutter.«

»Was ist denn los, mein Mädchen? Du machst mich ganz verrückt, wenn du so aufgedreht bist.«

Sie war dabei, ein geschältes Ei aus einer kleinen Schale zu löffeln. Eierbecher gab es nicht. Das Eigelb war noch flüssig und lief heraus, als sie das Ei teilte. Sie wischte das restliche Eigelb mit einem Stück Brot aus dem Teller. Ich war froh, dass sie wieder etwas anderes aß als Joghurt und Melonen.

Ich zögerte einen Moment und sagte dann schnell: »Du, rat mal, wer angerufen hat?«

»Wer?«

»Stefan.«

»*Gözün aydın*, herzlichen Glückwunsch. Deshalb die roten Wangen«, sagte sie abfällig. Ich hatte sofort das Gefühl, Stefan in Schutz nehmen zu müssen.

»Er sagt, er habe gehört, dass du krank bist.«

»Was für ein feinsinniger junger Mann, er hat also ein Herz in seiner Brust. Schau, sitzt da in Berlin und macht sich Sorgen um meine Gesundheit.« Großmutter konnte sich kaum bewegen, aber wenn sie wollte, konnte sie noch bissige Kommentare machen.

»Wieso reagierst du so merkwürdig?«, fragte ich gekränkt.

»Stell dich nicht dümmer, als du bist. Ich warne dich. Man nimmt nicht den Mann zurück, den man einmal aus gutem Grund verlassen hat. Du hast doch selbst gesagt, dass er nichts für dich war, dass er dich nicht gut behandelt hat, und als Liebhaber war er auch nicht zu gebrauchen. Was willst du denn noch mit ihm?« Großmutter sah mich wütend an, so als hätte ich ihr eröffnet, dass ich Stefan nun heiraten wolle.

Sie verzog das Gesicht, die Anstrengung war ihr anzusehen, ich versuchte, ruhig zu bleiben. Um mich abzulenken, goss ich ihr ein Glas Wasser ein, sie nahm es nur widerwillig entgegen und gab es mir nach zwei Schlucken wieder zurück.

Ich bereute, dass ich ihr so viel von Stefan erzählt hatte. Das hatte ich jetzt davon. Sie wischte sich mit dem Handrücken den Mund ab und ließ den Kopf ermattet in ihr Kissen fallen. Sie durfte sich auf keinen Fall so aufregen. Auch wenn ich es unmöglich fand, wie sie mich zurechtwies, musste ich auf sie Acht geben.

»Zeynep, versprich mir, dass du das nicht machst. Du musst mir das jetzt versprechen. So viele Abende habe ich mit dir hier geredet und dir zugehört, mir Zeit genommen und Gedanken gemacht, als wäre ich in der Lage, einer erwachsenen Frau Ratschläge zu geben, wie sie einen Mann zum Heiraten findet.« Sie lag verschwitzt in ihrem Bett und sah mir fest in die Augen, ich hielt ihrem Blick stand. Das schien sie als Widerwillen zu deuten.

»Ich habe doch nur fünf Minuten mit ihm geredet«, rief ich.

»Es geht dir anscheinend nicht in den Kopf. Hast du überhaupt irgendetwas von dem verstanden, was ich zu dir gesagt habe? Gibst du denn überhaupt etwas auf die Meinung deiner Großmutter?« Sie geriet mit jeder Frage, die sie mir stellte, mehr in Rage. Sie wollte gar keine Antwort von mir hören, sie wollte mir nur Vorwürfe machen. Wenn ich gesagt hätte, sie solle sich beruhigen, wäre sie mir wahrscheinlich ins Gesicht gesprungen, wenn sie gekonnt hätte. Ich hielt den Mund.

»Kaum ruft er an, da rennst du ihm hinterher wie eine läufige Hündin.«

»Großmutter!«, sagte ich. Ich wollte mich auf keinen

Streit mit ihr einlassen, aber es fiel mir schwer, mich zurückzuhalten. »Großmutter«, äffte sie mich nach. »Wie viele Nächte haben wir uns hier unterhalten, Zeynep? Ich verstehe nicht, wie du so taub und blind sein kannst. Wenn du deinen Verstand gebrauchst, weißt du doch, dass er nichts taugt.«

Ich schwieg, sie würde sich wieder beruhigen. Aber mein Schweigen schien sie erst recht zu provozieren.

»Das hast du dir selbst eingebrockt, da hast du gewartet, bis du fast zu alt zum Kinderkriegen bist, der war dir nicht gut genug, und jener war dir nicht fein genug, und jetzt? Jetzt steht dein Herz still, weil du denkst, dass du keinen mehr abbekommst. Da hättest du mal zehn Jahre früher dein Köpfchen angestrengt, dann wärst du jetzt nicht in dieser Situation. Bist fast vierzig und fragst dich immer noch, was du willst, hast keinen Mann, wohnst bei deinen Eltern und hast keine Ahnung vom Leben.«

»Vielen Dank, Großmutter, das musst du mir nicht sagen.« Nun wurde ich doch wütend. Wenn sie so mit mir reden konnte, konnte ich es auch.

»Vielen Dank.« Jeden Satz, den ich sagte, äffte sie nach. »Wenn du nicht so unter Druck stündest, würdest du dich nicht an diesen Deutschen klammern. Wahrscheinlich will er gar nichts von dir, und du wirfst dich ihm in die Arme.«

»Ich werfe mich überhaupt niemandem in die Arme.«

»Ach komm, er ruft an und du gehst auf wie eine Zucchiniblüte. Meinst du, ich bin blind? Deine Großmutter weiß auch etwas vom Leben, mehr als du. Ich hatte auch mal einen Mann.«

»Ja, und was für einen«, sagte ich.

Sie hielt einen Moment inne, sah mich forschend an und fragte: »Was für einen denn? Sag schon, Zeynep, was für einen? War er dir nicht gut genug?«

Jetzt war es mir auch egal.

»Einer, der seinen Sohn zu einem Mord angestiftet hat, den er nicht begehen wollte.«

»*Allah kahretsin seni*, verdammtes Biest. Du sprichst nicht so über deinen Großvater, hast du das von deiner Mutter?« Sie sah mich drohend an. »Geh raus, lass dich nicht mehr an meinem Bett blicken. *Geberesice*, verrecke, wie viel Zeit und Mühe habe ich auf dich verwendet, damit du mir das ins Gesicht spuckst? Geh zurück zu ihm und lebe dein Leben, sinnlos wie bisher. Ich will dich nicht mehr sehen, verschwinde.« Sie hatte sich auf die Arme gestützt und saß fast im Bett, sie krächzte heiser vor Anstrengung. Ich stand auf und ging ans Fenster. Wenn sie nicht so krank gewesen wäre, hätte ich mich einfach davongemacht. Aber so aufgebracht, wie sie war, konnte ich sie nicht allein lassen. Ich wandte ihr den Rücken zu und ging zum Fenster. Als ich mich nach einer Weile wieder umdrehte, lag sie mit geschlossenen Augen im Bett. Ihre Haare klebten strähnig an ihrem Kopf, ihr Kopf war rot und sie sah furchtbar erschöpft aus. Ich nahm ein kleines Tuch aus ihrer Schublade, goss ein wenig Wasser aus ihrem Glas darauf und begann, ihr Gesicht damit abzuwischen. Sie ließ mich gewähren. Ich strich ihr das Haar aus der Stirn, öffnete ihr Hemd ein wenig, wischte über ihren Hals und ihr Dekolleté. Dann blieb ich einfach stumm an ihrem Bett sitzen. Mit einem Mal begann Großmutter zu weinen.

»Nicht weinen«, sagte ich und beugte mich zu ihr.

»Bleib bei mir, geh nicht hinunter«, sagte sie und nahm meine Hand. Sie hatte gedacht, ich stünde auf. »Verzeihe deiner alten Großmutter.«

Ich kniete mich an ihr Bett.

»Ich will nicht, dass du dich wegen eines Mannes ins Unglück stürzt, Zeynep.«

Ich nahm sie in die Arme, so gut es ging. Ich drückte mein Gesicht an ihren Hals und versuchte, meine Tränen zurückzuhalten.

»Geh nicht zurück zu ihm. Bleib bei mir, bis zum Schluss.«

13

Stefan rief jetzt mehrmals die Woche an. Abends wartete ich schon auf seinen Anruf, und wenn es klingelte, war ich als Erste dran. Auch die anderen im Haus wussten, wem der Anruf galt. Ich konnte nie lange mit ihm sprechen. Das Telefon stand im Wohnzimmer, und bei meinen Versuchen, es mit in den Flur zu nehmen, brach jedes Mal die Verbindung ab. Onkel Mehmet drehte zwar den Ton des Fernsehers ein wenig leiser, aber niemand kam auf die Idee, mich für einen Moment allein zu lassen.

»Wie geht es dir heute?«, fragte er.

»Gut.«

»Und deiner Großmutter?«

»Sie hat Probleme beim Wasserlassen, wenn du es genau wissen willst.«

Sie aß kaum etwas, trank ein paar Schlucke Wasser. Sie war so entkräftet, dass der Arzt angekündigt hatte, ihr bei seinem nächsten Besuch eine Infusion zu legen.

Ich drehte Onkel Mehmet und Fevzi den Rücken zu. Ich hörte, wie er zu Fevzi sagte, diese dauernde Telefoniererei sei nicht auszuhalten. Er habe ein Lebtag nicht so oft telefoniert wie ich in den letzten Tagen. Ich hatte das Gefühl, dass er mich belauschte, obwohl er nichts verstand.

»Meistens liegt sie nur mit geschlossenen Augen da und will, dass ich ihr was erzähle«, sagte ich leise.

»Ist das wahr? Das ist ja wie bei uns früher«, sagte Stefan begeistert.

Ich lächelte, er hatte immer gesagt, wie sehr er meine Stimme mochte. Aber ich konnte die Erinnerung nicht genießen, Onkel Mehmets Anwesenheit und seine Kommentare störten mich.

»Lass uns jetzt Schluss machen. Ich komme mir hier blöd vor«, sagte ich. »So mit meiner Verwandtschaft im Rücken.«

Ich hatte Stefan gesagt, dass mich seine Anrufe freuten. Es war schön, mit jemandem zu sprechen, der nicht in dieses Haus gehörte, der weit weg und doch vertraut war. Wir sprachen nicht von früher und nicht über uns als Paar, wir machten einander keine Vorwürfe und suchten nicht nach Erklärungen. Nur deshalb gelang es mir, mit ihm zu reden wie mit einem guten Freund.

»Was telefonierst du denn jeden Abend?«, fragte Özlem. Sie stand am Küchenfenster und hatte kein Licht gemacht. Sie rauchte ihre abendliche Zigarette.

»Dein Onkel fragt schon die ganze Zeit, wer das sei und was er von dir wolle. Ich habe ihm gesagt, er sei dein Verlobter.« Özlem zwinkerte mir zu.

»Mein Verlobter?«, fragte ich überrascht.

»Du bist hier nicht zu Hause, du kannst dich nicht jeden Abend von einem Mann anrufen lassen und so tun, als wäre das die normalste Sache der Welt. Natürlich will dein Onkel wissen, was da los ist.«

Daran hatte ich gar nicht gedacht. Dass ich erst einmal Onkel Mehmets Erlaubnis einholen musste. Ich war nicht mehr sieben, und er war nicht mein Erziehungsberechtigter.

»Ich lass mich nicht anrufen. Er ruft von sich aus an.«

Diese heimliche Aufsicht störte mich, aber immerhin hielt Özlem mir Onkel Mehmet vom Hals.

»Ist er dein Freund?«, fragte Özlem.

Sie war neugierig geworden.

»Nein, mein Exfreund. Wir waren mal zusammen, aber das sind wir schon lange nicht mehr.«

»Und warum ruft er dich hier an?«, fragte sie und grinste.

»Nur so. Er will wissen, wie es Großmutter geht.«

»Klar. Nur so«, sagte Özlem und hörte nicht auf zu grinsen.

Für die Frauen hier im Dorf hatten Männer und Frauen nur in zweierlei Weise miteinander zu tun. Entweder sie waren verwandt oder ein Liebespaar. War man nicht verwandt, war man zwangsläufig ein Paar. Ich war froh um das freundschaftliche Verhältnis, das zwischen mir und Stefan am Telefon entstanden war, und das sagte ich Özlem auch.

»*Şekerim*, mach dir nichts vor. Er will wieder zu dir zurück, mein Schätzchen«, sagte sie und drückte ihren Zigarettenstummel am Fensterbrett aus. Obwohl ich genau dasselbe gedacht hatte, als Stefan das erste Mal angerufen hatte, ärgerte ich mich über Özlem. Ich holte tief Luft und nahm mir vor, ihr Gerede zu ignorieren. Seit unserem Streit neulich abends konnte ich sie sowieso nicht mehr ernst nehmen.

Vor dem Einschlafen überlegte ich, was aus der Frau geworden war, mit der Stefan zusammen war, nachdem wir uns getrennt hatten. Ich wollte nicht nach ihr fragen, und er hatte sie nicht mehr erwähnt. Ich war einerseits froh, mit ihm zu sprechen, andererseits wollte ich mich nicht wieder zu sehr an ihn gewöhnen. Ich wollte mich beherrschen und lieber etwas zu misstrauisch als zu vertrauensselig sein.

Die Hitze war kaum auszuhalten. In Großmutters Schlafzimmer ließen wir die Vorhänge tagsüber zugezogen. Manchmal ging ein leichter Wind, und sie sah zu, wie er den Stoff anhob und bauschte.

Sie lehnte in ihren Kissen und ließ ihre Gebetskette durch die Finger gleiten. Das konnte sie stundenlang tun. Wenn es so heiß war, bekam sie schlechte Laune. Sie sagte, sie schwitze, wir sollten ihr Luft zufächeln. Dann nahmen wir ein kleines Handtuch und schwangen es nach vorn, sodass der Windzug ihr das Haar aus dem Gesicht blies. Nach kurzer Zeit befahl sie uns, damit aufzuhören. »Wenn ihr so weitermacht, erkälte ich mich noch.« Sie war quengelig wie ein verzogenes Kind. Sie wollte nicht einmal ihr Eis essen. Aber sie bat mich jeden Abend, ihr zum Einschlafen etwas zu erzählen.

Seit der Abreise meiner Eltern schlief ich allein in dem großen, hinteren Zimmer. Die schweren Matratzen rollte ich nicht mehr aus. Ich schlief auf einer Liege, die gerade lang genug war, dass ich mich bequem darauf ausstrecken konnte.

Es war zu warm, um mich an eines der großen Kissen zu schmiegen, trotz der geöffneten Fenster. Stattdessen zog ich mein Laken an mich und schlang ein Bein darum. Ich hätte auf dem Dach schlafen können, bei Özlem und den Kindern. Doch ich wollte wenigstens das halbe Stündchen vor dem Einschlafen für mich haben.

Schon in den letzten Tagen war mir immer wieder der Gedanke gekommen, dass Großmutter sterben könnte, während ich sie in den Schlaf redete. Was wäre, wenn ich so vor mich hin plauderte und sie würde einfach sterben, so wie Anettes Großmutter? Einatmen und nicht mehr ausatmen. Ich wäre allein mit ihr, und im ersten Augenblick wüsste niemand im ganzen Haus, dass Großmutter gestorben war. Ich fand den Gedanken entsetzlich.

Ilknur, die Nachbarin, schickte frische Aprikosen und ein Eimerchen selbst gemachten Joghurt für Großmutter. Als ich ihr eine kleine Schale davon brachte, drehte sie nur den Kopf weg. »Ich will nichts.«

»Du musst doch was essen. Nur ein kleines bisschen.«

»Nur weil ich mich nicht richtig bewegen kann, müsst ihr mich nicht behandeln wie einen Säugling«, sagte sie.

Ich wollte etwas erwidern, sie aufheitern, aber sie hatte die Augen schon wieder geschlossen und machte nicht den Eindruck, als wollte sie unterhalten werden. Sie sah schlecht aus, ihre Haut war trocken und die Augen verschattet.

Wir ließen Gül bacı holen. Großmutter wehrte sich nicht einmal.

»Es geht dem Ende zu«, sagte Gül bacı zu mir und Özlem, als wir vor dem Haus standen. Sie hatte nach Großmutters Hüfte gesehen und ihr die Beine massiert und ihren Verband gewechselt. Trotz der brütenden Hitze trug Gül bacı ein Kleid und über ihrem Kleid noch eine ärmellose Strickjacke.

»Sollen wir sie ins Krankenhaus bringen?«, fragte ich. Sie hatte immer noch keine Infusionsflasche. »Soll ich meine Eltern anrufen? Sollen sie kommen?« Großmutters Zustand machte mir Angst. Sie würde uns noch verhungern und verdursten.

»Lass deine Eltern in Ruhe, was sollen sie denn tun, wenn sie hier sind? Ins Krankenhaus würde ich sie auf keinen Fall fahren. Die lassen euch stundenlang im Gang stehen und warten, da stirbt sie euch gleich weg.« Gül bacı redete mit einer Abgeklärtheit, als wäre sie eine Ärztin in einem großen, anonymen Klinikum.

»*Allahtan ümit kesilmez*, gebt die Hoffnung nicht auf«, sagte sie und wandte sich zum Gehen. »Holt mich, wenn sie Fieber bekommt. Ich muss zu Mahmuts Tochter, das arme Ding liegt in den Wehen.«

Stefan hatte wieder gefragt, wie lange ich in der Türkei bleiben würde. Beim letzten Mal hatte er mich aus dem Büro angerufen, mittags, als die anderen beim Essen waren. Er wolle nur kurz Hallo sagen. In Berlin regne es, ich würde die Sonne sicher sehr vermissen, wenn ich wieder zurück sei, sagte er. Nie gab es Wichtiges zu besprechen, wir redeten über dies und das. Aber gerade das tat mir gut. Die Telefongespräche erinnerten mich daran, dass es noch etwas anderes gab als das Dorf und meine Großmutter.

»Wir können nicht so häufig telefonieren, Stefan. Mein Onkel sieht das nicht so gern«, sagte ich. Onkel Mehmet hatte kein einziges Mal etwas zu mir wegen der Anrufe gesagt, aber er verdrehte jedes Mal die Augen, wenn es wieder klingelte. Jetzt kam er schon zum zweiten Mal herein und tat so, als suchte er etwas. Ich wunderte mich, warum er nicht schon wieder auf dem Feld war.

»Dein Onkel?«, rief er und lachte. »Ei, ei, ei, der Onkel wird böse«, sagte er und hörte gar nicht mehr auf zu lachen. »Und du, siehst du es gern?«

Ich sah ihn vor mir, wie er sich in seinem Bürostuhl zurücklehnte und das Gefühl genoss, mich überrumpelt zu haben. Es war widerlich, wie er ignorierte, was ich sagte. Er tat, als wüsste er über meine Gefühle besser Bescheid als ich. Ich konnte nichts Schlagfertiges erwidern. Die Vertrautheit und das schöne Gefühl, für ein paar Minuten zumindest in Gedanken dem Dorf entfliehen zu können, waren mit einem Mal weg. Es war genau wie früher. Er machte dumme Sprüche und mir fiel nichts darauf ein.

»Das muss ein böser, böser Onkel sein.«

Am liebsten hätte ich aufgelegt, aber ich wollte nicht die beleidigte Leberwurst spielen. Die Zeiten waren vorbei. Ich versuchte, mich zusammenzureißen, als mich Onkel Mehmet mit dem Ellbogen anstieß.

»Mach doch mal Platz«, sagte er und schob mich zur Seite. Er zog die Schubladen des Schränkchens auf, auf dem das Telefon stand, nahm irgendetwas heraus und stieß sie laut wieder zu. Ich warf ihm einen wütenden Blick zu. Ausgerechnet jetzt brauchte er etwas aus der Kommode.

Onkel Mehmet hob ruckartig das Kinn, als wolle er fragen
»Ist was?«, und verschwand wieder.

»Was bildest du dir eigentlich ein?«, fuhr ich Stefan an.

»Ach komm, Zeynep, beruhige dich. So war das nicht
gemeint.«

Er hatte mir nicht zu sagen, wann ich mich zu beruhigen
hatte, schon gar nicht in diesem gönnerhaften Ton.

»Hör zu, Stefan. Ich bin damit beschäftigt, meiner
achtzigjährigen Großmutter beim Sterben zu helfen. Ich
habe keine Zeit für deine Spielchen.« Ich war laut geworden, es war mir egal, ob mich Onkel Mehmet hören würde
oder nicht. Ihm war wahrscheinlich sowieso kein Wort
entgangen. Ohne mich zu verabschieden legte ich auf,
ging in mein Schlafzimmer und schloss die Tür hinter mir.

Noch mehr als über Stefans Spruch und über Onkel Mehmets Verhalten ärgerte ich mich über mich selbst. Ich bereute, dass ich in den letzten Tagen so viel Vertrautheit
zwischen ihm und mir zugelassen hatte. Seit Özlem und
ich einander nicht mehr viel zu sagen hatten, war Stefan
der Einzige gewesen, dem ich von meiner Angst um Großmutter erzählte, ich hatte ihm gesagt, dass ich nicht wisse,
was aus mir werden solle, und dass ich mich sehr einsam
fühlte. Ich hatte mich ihm nah gefühlt, obwohl er so weit
weg war. Den letzten Schritt aber war ich nicht gegangen. Etwas in mir hatte sich gesträubt, ihm von der Fehde
zu erzählen. Jetzt war ich froh darum. Ich hatte wohl ge-
ahnt, dass mich Stefan wieder enttäuschen würde. Wenn
mich dumme Sprüche über Onkel Mehmet schon so auf
die Palme bringen konnten, wie hätte ich erst reagiert, wenn

er einen Witz über Anatolier, Rachemorde und »deine Kultur« gemacht hätte?

Es klopfte an die Tür, ich wollte gerade aufstehen und sie öffnen, da ging sie auf und Onkel Mehmet trat ein. Er ließ die Tür zum Glück offen stehen.

»Zeynep, jetzt ist Schluss«, schimpfte er. »Wochenlang habe ich mir dein Liebesgeflüster angehört und nichts gesagt, weil du ein Gast in meinem Haus bist. Aber dass du mit diesem Kerl deinen Ehestreit austrägst, ist die Höhe. Wenn dieser Deutsche noch einmal hier anruft, kannst du was erleben.«

»Was kann ich dann erleben?« Er hatte mir gerade noch gefehlt.

»In meinem Haus wird nicht mit irgendwelchen dahergelaufenen Typen herumtelefoniert, hast du das verstanden?«

Mir riss die Geduld.

»Das ist nicht dein Haus«, schrie ich. »Es ist das Haus deiner Mutter. Du wohnst hier, weil sie dich hier wohnen lässt. Ich habe hier genauso viel Rechte wie jeder andere auch. Seit Monaten pflege ich deine sterbende Mutter, sitze nachts an ihrem Bett, wechsle ihre eitrigen Verbände und halte sie, damit sie drei Tropfen pinkeln kann. Kein Mensch weiß, was du den ganzen Tag treibst. Aber ich habe dich noch keinen einzigen Tag an ihrem Bett gesehen.«

Er starrte mich an, als könnte er nicht glauben, was er gerade hörte.

»Schrei hier nicht so rum wie die Weiber auf der Straße.

Nimm ein bisschen Rücksicht auf deine Großmutter«, brüllte er.

»Du schreist ja noch lauter als ich.«

»Was nimmst du dir raus, du kleine Hure?« Er kam einen Schritt auf mich zu und hob drohend die Hand. »Was glaubst du, wer du bist?«

»Das ist das Einzige, was du kannst. Drohen«, sagte ich scharf. Ich schrie nicht mehr. Und schießen, dachte ich. Ich weiß nicht, ob er zugeschlagen hätte, wenn ich nicht plötzlich Özlem im Flur gesehen hätte. Sie stand ein gutes Stück weg von der Tür und sah zu uns her, die Tränen flossen ihr über die Wangen. Onkel Mehmet merkte, dass dort jemand war, und drehte sich um.

»Haltet endlich den Mund«, sagte sie mit tonloser Stimme. Onkel Mehmet und ich begriffen sofort, dass sie nicht weinte, weil wir uns anbrüllten. Er rannte zuerst hinauf in Großmutters Schlafzimmer, Özlem und ich folgten ihm.

»Mutter«, rief er, kniete sich an ihr Bett und schüttelte sie an den Schultern. Dann ließ er seinen Kopf auf ihre Brust sinken.

14

Freitag, 5. August

Großmutters Tod ist nun genau ein Jahr her. Ich frage mich, was von ihr übrig ist in ihrem Grab. Seit der Beerdigung war ich nicht mehr dort. Wahrscheinlich ist nicht nur von ihr, sondern auch von ihrem Grab nichts mehr da. Nach Großmutters Beerdigung habe ich mit meiner Mutter nach dem Grab von Onkel Yusuf gesucht, und wir haben es nur mit Mühen gefunden, es gab nicht einmal mehr einen Grabstein.

Ich werde nie wieder ins Dorf fahren. Warum auch? Es gibt niemanden dort, den ich sehen wollte. Özlem wohnt mit Fevzi in der Stadt, in dem Haus wohnt Onkel Mehmet nun allein. Soviel ich weiß, wird er es aber verkaufen und auch in die Stadt ziehen. Wahrscheinlich sogar zu Fevzi und Özlem. Arme Özlem, sie wird ihn nicht los. Manchmal fällt mir Döndü ein. Ob sie noch in dem alten Haus wohnt? Vielleicht ist sie auch endlich aus diesem Dorf weggegangen. Sie wird dort nicht glücklich werden.

An Großmutter mag ich gar nicht denken. Jede Erinnerung an sie schnürt mir die Luft ab. Den ganzen Rückflug über hatte ich geheult und gedacht, dass sie mit Absicht ausgerechnet in diesem Moment gestorben war. Hatte einfach die Augen geschlossen und war gestorben. Etwas Schlimmeres hätte sie mir, uns allen eigentlich, nicht antun können. Özlem sagte, sogar aus dem Tod wollte Großmutter als Siegerin hervorgehen.

Gestern war ich mit meiner ehemaligen Arbeitskollegin Helene etwas trinken. Sie sitzt immer noch in dem Büro, das wir uns einmal geteilt haben. Sie sagte, mein Farn sei mittlerweile zu einem Monstrum angewachsen. Wenn sie ihn gieße, denke sie an mich. Von Stefan habe ich nichts mehr gehört, ich kann nicht an ihn denken, ohne dass der ganze Zorn wieder in mir aufsteigt.

Ich habe eine Stelle bei einer anderen Zeitung in der Stadt bekommen, die Probezeit ist schon um. Die Arbeit ist nicht besonders prickelnd, sie macht mir keinen Spaß, meine Kollegen verstehen weder etwas von Journalismus noch vom Schreiben, aber die Arbeit bringt Geld. Wenigstens das. Ich habe meine eigene Wohnung und ich kann die Miete selbst bezahlen und in den Urlaub fahren. Wer kann das schon von meinen Freundinnen? Neulich habe ich gelesen, dass in Deutschland nur jede vierte Frau finanziell unabhängig ist von einem Mann. Da gehöre ich zu einer Minderheit. Ich kann tun und lassen, was ich will. Niemand schreibt mir etwas vor, außer bei der Arbeit natürlich. Ich bin gern allein. Ich brauche keinen Mann an meiner Seite. Vielleicht später mal.